HAYMON verlag

Bettina Balàka

Auf offenem Meer

Erzählungen

Gedruckt mit freundlicher Unterstützung des
Landes Salzburg, Kulturabteilung, und der Stadt Wien,
Magistratsabteilung 7 – Kultur.

HAYMON verlag
Innsbruck-Wien
www.haymonverlag.at

ISBN 978-3-85218-625-2

Umschlag- und Buchgestaltung:
Kurt Höretzeder, Büro für Grafische Gestaltung, Scheffau/Tirol
Mitarbeit: Ines Graus
Coverfoto: www.shutterstock.com

Gedruckt auf umweltfreundlichem,
chlor- und säurefrei gebleichtem Papier.

Titanic

Der Gefangene Wawilow schien mir vom ersten Augenblick an ein äußerst sympathischer Mensch zu sein, und von daher tat es mir wirklich sehr leid, ihn sterben zu sehen.

Als er nach Saratow kam, hatte die lange Haft bereits deutliche Spuren an seinem Äußeren hinterlassen. Ich wusste, dass er in der Moskauer Lubjanka elf Monate lang von Leutnant Khvat verhört worden war, und ich konnte mir vorstellen, dass er in dieser Zeit nicht allzu viel Schlaf bekommen hatte. Leutnant Khvat pflegte seine Verhöre um elf Uhr vormittags zu beginnen und um drei Uhr nachts zu beenden, wobei er selbst natürlich Ruhepausen einlegte, während derer der Gefangene weiterhin stehen musste. Die Füße der Gefangenen schwollen bei solchen Prozeduren stark an, die Fußsohlen wurden blau und gespannt, so dass sie selbst bei leichten Schlägen schon platzten.

Die Augen von Nikolai Iwanowitsch Wawilow mussten einmal sehr lebhaft gewesen sein, denn lebhaft war auch der Kummer darin. Ihre Farbe war tiefbraun, beinahe schwarz, und in der endgültigen Schwärze der Pupillen tobte der Kummer wie Brandung, auf die man von einer hohen Klippe herabsah. Zu den Dingen, die man ihm zur Last legte, gehörten Hochverrat, Sabotage, Zerrüttung der sowjetischen Landwirtschaft, Mitgliedschaft in einer konterrevolutionären Vereinigung, Volksfeindschaft, Fraternisieren mit ausländischen Mächten und weißen Emigrantenzirkeln sowie Spionage für den britischen Geheimdienst. Sein Ziel war es gewesen, das System der kollektiven Landwirtschaft zu untergraben, die ausbeuterische Herrschaft der Kulaken wiederherzustellen und das sowjetische Volk durch weitere Hungersnöte zu schwächen. Dass er nun selbst Hunger leiden musste, schien in Anbetracht dieser Verbrechen nichts weniger als gerecht.

Die Gefangenen erhielten morgens zwei Löffel Buchweizen-Gretschka, mittags eine Suppe aus faulen Tomaten mit etwas Stockfisch, abends einen Löffel Gretschka. Darüber hinaus hatte jeder Anspruch auf 300 Gramm dunkles Gerstenbrot pro Tag – allerdings nahm, wie unter den Bedingungen von Nahrungsmittelknappheit üblich, zumeist der Kräftigste das gesamte Brot an sich. Dies war die Verpflegung in den Todeszellen, und doch unterschied sie sich für viele nicht allzu sehr von der draußen, denn ganz Russland hungerte zu jener Zeit, mitten im Krieg.

Als stellvertretendem Gefängnisdirektor oblag es mir, neu überstellte Gefangene in Augenschein zu nehmen. Nikolai Iwanowitsch war ein berühmter Mann, ein großer bourgeoiser Wissenschaftler, Botaniker, Genetiker, Geograph, Agronom und Forschungsreisender, Mitglied der Sowjetischen Akademie der Wissenschaften, Träger des Lenin-Ordens und – nicht verwunderlich für einen Feind der Sowjetunion – zahlloser ausländischer Würden. Nun war er nichts mehr. Er, der Sohn eines leitenden Angestellten einer Textilfabrik, kniete vor mir, dem Sohn eines armen Tagelöhners (ich ließ die Gefangenen gerne niederknien, da ich so sitzen bleiben konnte, sie aber dennoch zu mir aufsehen mussten – eine rein praktische Überlegung). Als ich ihn seinen Namen und die Gründe für seine Verurteilung nennen ließ, konnte ich an seiner Zungenspitze die punktförmigen Einblutungen erkennen, die der Skorbut hinterlassen hatte. Seine Geheimratsecken stiegen hoch hinauf, seine Augenbrauen waren verzogen, als hätte man sie mit einem unregelmäßig eingezogenen Faden gerafft, und sein Stoppelbart – den er, wie man sehen konnte, mit unzureichenden Mitteln pflegte – hatte weiße Einsprengsel wie ein Wald nach dem ersten Schnee. Zu diesem Zeitpunkt war er dreiundfünfzig Jahre alt.

Es war für mich nichts Besonderes mehr, den tiefen Fall hoher Herren mitanzusehen, und es gab auf den ersten Blick keinen Grund, weshalb mir der Volksfeind Wawilow bemerkenswerter erscheinen sollte als ein anderer, dennoch erweckte er mein Interesse durch etwas, das ich als „unversehrten Kern" bezeichnen möchte. Er schien unter seinem zermürbten Geist gewissermaßen ein Persönlichkeitsskelett zu besitzen, das ihn durch alle Erosionsvorgänge hindurch aufrecht hielt und das durch keine Einwirkung von außen zu verändern war.

Bei den meisten bourgeoisen Gefangenen zeigte sich sehr schnell, was übrigblieb, wenn man ihnen Beruf, Ämter, Wohnung, Kleider, Familie und Freunde wegnahm: ein jämmerlicher Hohlraum, umgeben von einem erbarmungswürdigen Nervenkostüm. Manche wurden zu Kriechern und versuchten sich einzuschmeicheln, andere blieben arrogant und hofften bis zuletzt, von einem Freund in den höchsten Rängen noch gerettet zu werden. Man konnte sich vorstellen, wie alles, was sie früher besessen hatten, zu ihrem Gefühl beigetragen hatte, etwas Besseres zu sein: der Spazierstock, die gesellschaftlich gewandte Ehefrau, der cremefarbene Sommeranzug, die Briefe einflussreicher Kollegen, die Datscha mit eigenen Bienenstöcken, die hübschen, artigen Kinder, der silberne Samowar, sogar die eigene Sprechweise, die eigene Schrift, die eingeübten Gesten. Dann war nichts mehr da, weder Spazierstock noch Gesten. Manieren verflüchtigten sich, nichts blieb als der blanke Egoismus – und das galt für die Popen nicht weniger als für die anderen.

Nikolai Iwanowitsch jedoch machte den Eindruck, als wäre er nie überheblich gewesen. Noch im Niederknien brachte er ein verbindliches Lächeln zustande, das auf eine Höflichkeit weit jenseits der Gefängnismauern verwies und mit dem verkrampften Grinsen der Kriecher nichts gemein hatte. Ich fragte ihn, ob er seine Taten bereue. Er nickte und erklärte, er bereue seine Taten tief. Ich fragte ihn, ob er alles anders machen würde, wenn er die Gelegenheit dazu bekäme. Oh ja, erwiderte er, er würde vieles anders machen.

Dies war natürlich ein klares Zeichen von Widerstand. Indem er sagte, er würde „vieles" anders machen, nachdem ich „alles" abgefragt hatte, wies er mich – wie wir beide wussten – auf reaktionäre Spuren in seiner Haltung hin. Damit ging er das Risiko ein, sich den letzten Rest seines Lebens unnötig schwer zu machen, ohne noch etwas hinsichtlich eines Unschuldsbeweises bewirken zu können, da er ja bereits zum Tod verurteilt war. Es hätte mich reizen können, seinen Willen doch noch zu brechen. Dennoch sah ich keinen kindischen, selbstzerstörerischen Trotz in seinen Augen, vielmehr die feste Überzeugung des Märtyrers, dass großer Schaden über die Welt gebracht würde, wenn er von seinem Glauben abschwörte.

Das war es aber nicht, was ihn mir sympathisch machte. Sympathisch machte ihn, dass ich in seiner Gegenwart das sichere Gefühl hatte, er würde mich, auch wenn wir da draußen in einem anderen Leben wären, er kein Gefangener und ich kein stellvertretender Gefängnisdirektor wäre, so behandeln, als wäre ich ein ebenso bedeutender Mensch wie er selbst.

Die Gefangenen in den Todeszellen erhielten als Bekleidung grobe Leinensäcke, in die Löcher für Arme und Kopf geschnitten waren. Die Säcke entstammten den umliegenden Kolchosen, sie waren nach vielmaligem Flicken so löchrig und fadenscheinig geworden, dass darin nicht einmal mehr Kartoffeln transportiert werden konnten. (Von meiner Frau Ljudmila, die auf der Kolchose arbeitete, wusste ich allerdings, dass manche Säcke auch deshalb nicht mehr geflickt wurden, weil es ohnehin nichts gab, womit man sie hätte füllen können.) Man verwendete die Säcke aus praktischen Gründen, man konnte die Gefangenen nach ihrer Erschießung gleich darin begraben. Für die Füße erhielten sie Schuhe aus Lindenbast, die wurden jedoch nach ihrem Tod weitergegeben. Höchstens sechs Wochen hielten diese Schuhe bei den Bauern auf dem Feld, in den Todeszellen kamen wir viel länger damit aus, da die Gefangenen die Zellen ja praktisch nicht verließen.

Die Gefangenen teilten sich zu dritt eine Zelle. Ein Bett und ein Tisch waren jeweils an den einander gegenüberliegenden Wänden festgeschraubt, nur ein dreibeiniger Hocker ließ sich bewegen. Zum Schlafen legten sich zwei der Gefangenen in das Bett, jeder den Kopf bei den Füßen des anderen, um den Platz besser auszunützen. Der dritte saß auf dem Hocker und döste, Arme und Kopf auf dem Tisch. Nach ein paar Stunden wurde er abgelöst und ein anderer musste an den Tisch.

Bei Wawilows Zellengenossen handelte es sich ebenfalls um Mitglieder der Bourgeoisie. Einer war der bekannte Philosoph Iwan Kapitonowitsch Luppol, dessen Leitsätze mein Sohn noch vor einigen Jahren in der Schule auswendig gelernt hatte: „Jede Revolution hat ihre Philosophie, aber nicht jede Philosophie hatte ihre Revolution." Der andere war Iwan Filatow, ein Ingenieur aus wohlhabender Familie, sein Onkel hatte vor der Revolution das größte Sägewerk der Stadt besessen. Sie waren alle drei gleichermaßen geschwächt, husteten und hatten Wasser in den Beinen, aber ich vermutete, dass es zumeist Luppol war, der das Brot an sich nahm.

Als ich eines Tages an ihrer Zelle vorbeikam und durch die Sichtluke schaute, bot sich mir ein eigentümliches Bild. Wawilow saß auf dem Tisch und schien eine Art Vortrag zu halten, während Filatow auf dem Bett und Luppol auf dem Hocker saßen und aufmerksam lauschend zu ihm aufblickten. Die Szene erinnerte an eine politische Versammlung und es verschlug mir beinahe den Atem vor so viel Dreistigkeit: Sollten sie es tatsächlich wagen, hier im Gefängnis noch reaktionäre Agitation zu betreiben? Nahmen sie an, dass sie in Anbetracht ihres nahen Todes Narrenfreiheit hatten?

Da die Gefangenen nur flüstern durften, konnte ich von außen die Worte nicht verstehen, also sperrte ich die Zelle auf und trat hinein. Wawilow hörte sofort zu sprechen auf und alle drei Gefangenen erhoben sich.

„Setzen“, sagte ich in normaler Lautstärke, und die drei setzten sich wieder. Dann wandte ich mich an Wawilow: „Sie werden nun in Ihrem Vortrag exakt dort fortfahren, wo Sie aufgehört haben, haben Sie mich verstanden? Wenn Sie auch nur ein Wort dem Umstand meiner Gegenwart anpassen, werde ich es bemerken!“

Nikolai Iwanowitsch nickte und der Anflug eines Lächelns hob seine Mundwinkel, als würde er sich freuen, dass ich mich für seine Ausführungen interessierte.

„Soll ich flüstern?“, flüsterte Wawilow.

„Selbstverständlich flüstern Sie“, sagte ich, „und zwar klar und deutlich, wenn ich bitten darf.“ Ich deutete Filatow, dass er sich auf den Boden setzen solle, und nahm auf dem Bett Platz. Wawilow schloss kurz die Augen, um sich zu sammeln, dann holte er tief Luft und begann zu flüstern. Er flüsterte ohne nennenswertes Stocken, gleichsam in einem

Strom, als hätte er die Dinge, von denen er erzählte, schon oft für sich oder andere formuliert. Gleichzeitig stellte ich fest, dass ich es – ebenso wie die beiden anderen Zuhörer – vermied, mich zu bewegen, um nur ja keines seiner Worte in einem Rascheln zu überhören.

Wawilow sprach von Taumel-Lolch. Wie es schien, war er im vergangenen imperialistischen Weltkrieg in seiner Eigenschaft als Agrarexperte in den Norden Persiens entsandt worden, wo die russischen Truppen Opfer einer merkwürdigen Vergiftung geworden waren. Da die Soldaten wie betrunken herumtaumelten, Sehstörungen hatten und lallten, dachte man zunächst, sie würden über Gebühr dem Alkohol zusprechen, und versuchte, dem beizukommen, indem man sie bestrafte. Doch die Soldaten nüchterten nicht aus. Ihnen war schwindlig, sie vergaßen Befehle, waren zu nichts mehr zu gebrauchen. Schließlich stellte man fest, dass es das Brot war, das die Symptome hervorrief, konnte sich aber nicht erklären, wie das Gift in das Mehl gelangte. Wawilow reiste an, untersuchte die Felder und fand inmitten des Weizens Ähren von Taumel-Lolch. Taumel-Lolch war, wie ich nun erfuhr, ein Mitglied der Familie der Süßgräser und giftig, darüber hinaus waren die Felder mit einem Schimmelpilz namens Fusarium infiziert, der ebenfalls die Brot-Trunkenheit hervorrufen konnte.

An dieser Stelle unterbrach ich Wawilow und forderte ihn auf, keine lateinischen Ausdrücke mehr zu verwenden, denn mit diesen hatte er seine Schilderung überreichlich gewürzt. Ich hatte den Verdacht, dass er damit politische Ansichten codierte. Wawilow nickte, überlegte kurz und sprach dann von Schabdar. Ich wollte ihn sogleich wieder unterbrechen und ihm die Verwendung jeglicher Wörter, die nicht zum allgemeinen Wortschatz gehörten, untersagen, als er erläuterte, dass es sich dabei um eine zur Familie der Hülsenfrüchtler gehörige persische Futterpflanze handelte, deren rosa und purpurrote Blüten die Landschaft prächtig färbten und deren honigartiger Duft ihm angenehm in Erinnerung war. In der Folge verlor er sich in Ausführungen über verschiedene Sorten von Erbsen, Bohnen, Weizen, Roggen, Gerste und Hirse, welche er beim Volk der Tadschiken gefunden hatte, und verweilte lange bei der Beschreibung von Eintöpfen und Brotfladen, die er vor einem Vierteljahrhundert als ein Gast dieses Volkes verzehrt hatte. Da mein Magen zu knurren begann, gebot ich ihm wiederum Einhalt und fragte, was er denn mit dieser Veranstaltung bezwecke. Höflich erklärte mir Nikolai Iwanowitsch, er und seine Zellengenossen wären übereingekommen, abwechselnd Vorlesungen abzuhalten, um dadurch zu verhindern, dass sie den Verstand verlören. Luppol sollte über Geschichte und Philosophie sprechen, Filatow über Belange der Holzwirtschaft, und er selbst eben über sein Fachgebiet, die Pflanzen- und Landwirtschaftskunde.

„Sie wollen also“, sagte ich, „über eben die Dinge sprechen, die dazu geführt haben, dass Sie in dieser Zelle sind?“ Die drei Gefangenen beeilten sich zu versichern, dass ihre Vorträge vollkommen unpolitisch beziehungsweise in jeder Hinsicht dem marxistischen Geist entsprechend abgefasst wären. Natürlich kannte ich solche Beteuerungen nur zu gut, war aber doch so weit neugierig geworden (und, offen gesagt, ein wenig Abwechslung nicht abgeneigt), dass ich befahl, die Vorlesungen ab sofort ausnahmslos in meiner Gegenwart abzuhalten. Ich würde mich, kündigte ich an, zu unregelmäßigen Zeiten in der Zelle einfinden, man möge also stets vorbereitet sein.

Die Wärter wies ich an, regelmäßig durch die Sichtluke zu kontrollieren, ob in der Zelle etwas stattfand, was nach „Vorlesungen“ aussah. Manchmal nahm ich diese Kontrollen selbst vor und betrachtete die drei Männer dabei, wie sie sich flüsternd unterhielten, und oft, wie sie dumpf in sich hineinschwiegen. Die Gefangenen schienen sich an meinen Befehl zu halten. Sie versuchten, so gut es ging, sich zu beschäftigen, indem sie sich mit den Fingern die Haare kämmten, mit den Fingernägeln der einen Hand die Fingernägel der anderen säuberten oder sich lösende Teile ihrer Bastschuhe wieder feststeckten. Manchmal stand einer nur da, lange, mit dem Gesicht zur Wand, als würde er geduldig darauf warten, dass sie sich auftat. Wenn sie ein paar Schritte machten, sah man, dass sie den schlurfenden Gang der Ausgezehrten hatten, den energiesparendsten Gang, den der Mensch je erfunden hat: Sie hoben die Füße kaum vom Boden ab und kamen vorwärts, obgleich sie nur einen Bruchteil der normalerweise dafür nötigen Muskeln zu bewegen schienen. Wenn einer von ihnen auf dem Abortkübel saß, schauten die anderen weder betont weg noch betont hin – der Vorgang war ihnen selbstverständlich geworden. Sie hatten dünnflüssige Durchfälle und mussten oft viele Stunden mit dem Gestank leben, bis der Kübel geleert wurde.

In ihrem Verhalten unterschieden sich diese drei Gefangenen in nichts von den Gefangenen in den benachbarten Zellen. Ich fand es außerordentlich interessant zu beobachten, in welchem Ausmaß identische Lebensumstände identisches Verhalten zu begünstigen schienen. Es gab unter den zum Tode Verurteilten nur wenige, die sich selbst aufgaben und die Hoffnung fahren ließen. Die allermeisten klammerten sich an den Glauben, ihr letztes Gnadengesuch würde doch noch erhört werden, Bekannte und selbst Unbekannte würden sich für sie einsetzen und irgendwann, gerade noch rechtzeitig, Erfolg haben. Insbesondere die Intellektuellen versuchten gerne, sich an ihrem im Gehirn gelagerten Lehrwissen festzuhalten, war es doch ihr letzter Besitz, der zu verblassen und zu verschwinden drohte, wenn sie ihn nicht regelmäßig beschworen – so wie der Pope immer wieder seinen Gott anruft, damit dieser nicht von der Stille verschluckt wird. Phasen der Lethargie wurden von solchen hektischer Betriebsamkeit abgelöst, in denen sie im Geiste neue Gnadengesuche aufsetzten und bis ins kleinste Detail mit den Zellengenossen besprachen.

Bisweilen erschien es mir merkwürdig, Menschen so anzuschauen wie Schmetterlinge, die hinter einer Glasscheibe aufgespießt sind. Man betrachtete sie mit Interesse, manchmal sogar Bedauern, und dann ging man wieder fort, vergaß sie und kümmerte sich um sich selbst.

Der Umgang mit Todgeweihten hatte für keinen von uns etwas Besonderes an sich: Wie oft hatte man schon erlebt, dass Verwandte, Nachbarn, Bekannte von der einen oder anderen Krankheit dahingerafft wurden. Mila und ich hatten drei Kinder verloren, eines, ein Mädchen, wurde nur wenige Tage alt. Als ich sie zum ersten Mal sah, wusste ich sofort, dass sie nicht lange bei uns bleiben würde, obwohl nichts darauf hindeutete, sie normales Gewicht hatte und brav an der Brust ihrer Mutter trank. Es war etwas an ihren Augen, das zu sagen schien, dass sie auf einen längeren Aufenthalt in dieser Welt keinen Wert legte. Eines Morgens dann lag sie kalt und weiß in der Wiege, sie hatte wohl zu atmen aufgehört, während wir schliefen. Wir deckten sie zu, gingen zur Arbeit, und abends begruben wir sie wortlos hinter dem Haus. Die beiden anderen Kinder, ein Junge und ein Mädchen, waren schon älter gewesen, sie lagen auf dem Friedhof. Ich wusste, dass meine Frau manchmal zu den Gräbern ging und heidnische Rituale pflegte: Sie vergoss ein wenig süßen Tee und verstreute Brotkrümel, die sofort die hungrigen Krähen auffraßen.

Ich ließ die drei Gefangenen erst einmal warten, damit sie aufhörten, ständig mit meinem Besuch zu rechnen, und ich sie dementsprechend überraschen konnte. Meiner Erfahrung nach begann in solchen Fällen die Zuversicht nach etwa sieben Tagen zu korrodieren, nach zehn Tagen stellten sich ernsthafte Zweifel ein, die sich in der Folge zu bitterer Enttäuschung verhärteten. Nach etwa vierzehn Tagen begann sich diese wiederum mit Phasen wilder Hoffnung abzuwechseln, die durch weiteres Stillhalten zu frustrieren anzuraten war. Was die Gefangenen vermutlich nicht ahnten, war, dass dieser Vorgang auch der anderen Seite große Geduld abverlangte. Der Grund, weshalb ich sie unvorbereitet treffen wollte, nachdem ich ihnen geraten hatte, gut vorbereitet zu sein, bestand darin, dass man durch das Erzeugen von Unsicherheit und Verwirrung gemeinhin die besten Ergebnisse erzielte. Es war nämlich tatsächlich möglich, dass noch Begnadigungen eintrafen, und für diesen Fall lohnte es sich durchaus, Informationen über die Gesinnung der Gefangenen zu sammeln. Denn auch wir von der Gefängnisverwaltung mussten mit Unsicherheit leben, wir erhielten Hinrichtungsbefehle ebenso plötzlich wie Begnadigungen. Manchmal kam noch vor dem Morgengrauen die Order, Salven erklangen im Hof, Stimmen und Gesichter waren verschwunden. Dann wieder schien das Warten kein Ende nehmen zu wollen und die Gefangenen in den Todeszellen richteten sich auf ein langes Dahinsiechen ein.

Die Kriegswirren taten das Ihre dazu. Gefangene verschwanden, den Behörden selbst war es unmöglich herauszufinden, in welchem Gefängnis sie sich befanden, ob sie tot oder lebendig waren. Die deutsche Armee lag bereits vor Moskau, in letzter Minute hatte man von dort zehntausende politische Gefangene evakuiert. So war auch Nikolai Iwanowitsch nach Saratow verlegt worden.

Nachdem etwa drei Wochen verstrichen waren, ließ ich Wawilow, Filatow und Luppol um halb sechs Uhr morgens wecken und befahl, die Vorlesung zu beginnen. In der Folge kam ich zu unterschiedlichen Uhrzeiten, um elf Uhr nachts, ein Uhr mittags und so weiter. Filatows Ausführungen über die Holzwirtschaft konnte ich problemlos folgen, aber sie langweilten mich. Kahlschlag oder Durchforstung, Waldvegetationsformen, Brennholz, Bauholz, Transportwege, Planziffern. Gesinnungsmäßig konnte man ihm nichts anhaben.

Als er einmal davon sprach, wie es zu verhindern wäre, dass gefällte Bäume durch unsachgemäße Lagerung verrotteten, fragte ich, ob es sich dabei nicht um ein vorrevolutionäres Problem handelte. Anstandslos und eilfertig führte er daraufhin aus, wie durch die Einführung der Kollektivwirtschaft jegliche Verschwendung von Ressourcen nachhaltig ausgeschaltet worden war.

Luppol war ein anderes Kaliber. Er sprach enthusiastisch, ausschweifend geradezu, aber worum es ging, ließ sich oft nur schwer dechiffrieren. Seine Philosophie war offenbar nicht zur Gänze für das Volk gedacht, was erklärte, warum er mir hier in einen alten Sack gekleidet gegenübersaß. An einem leichten Zucken seiner Augäpfel bemerkte ich, wenn er sich in Sphären verstieg, die gefährlich nahe an einen Widerspruch zur Parteidoktrin gerieten. Er hoffte natürlich, dass ich ihm nicht folgen konnte, war sich aber dessen nicht sicher, dann erschrak er plötzlich über seine Gratwanderung und überschlug sich im Vorbringen von Begriffen wie „marxistisch-leninistisch", „anti-kapitalistisch" oder „dialektisch-materialistisch". Mir platzte schon bald der Kragen, woraufhin sich Luppol erbot, auf seine Kenntnisse als Kunstkritiker zurückzugreifen und über die sozialistisch-realistische Malerei zu sprechen. Dies tat ihm gut, seine geistige Anspannung schien sich zu lösen, er wurde erheblich klarer und ich verstand, dass er sich in der Philosophie auf dem Weg in den Wahnsinn befand. Er beschrieb viele berühmte Gemälde nicht nur farbig, sondern geradezu plastisch, man fühlte die heroische Emotion, die in ihnen steckte, man stand auf dem Felde mit den Bauern, die den ersten Traktor ihres Dorfes herbeifahren sahen, oder inmitten einer Fabriksbelegschaft, die einer Rede Lenins lauschte.

Mein liebster Vortragender war jedoch Wawilow. Er hatte die ganze Welt bereist, war auf Mauleseln durch Gebirgsklüfte und auf Kamelen durch Wüsten geritten, hatte die berühmtesten Botanischen Gärten, Versuchsfelder und Gewächshäuser besucht, hatte sich durch Urwälder geschlagen und war durch tropische Sümpfe im Einbaum gefahren. Farbiger und plastischer als er konnte keiner die dumpfe Todeszelle mit Bildern füllen. Er sprach über Rispen und Ähren, Kapseln und Knollen, weiße und blaue Flachsblüten. Er sprach von Bananen, Senf, Granatäpfeln, süßer Sorghumhirse, zu alkoholischen Getränken vergorenem Teff, Luzerneheu, Durumweizen, Weizen mit violetten Körnern, Weizen mit weißen Körnern, ährenlosem Weizen, Bockshornklee, Rhizinus, Feigen, Birnen, Pfirsichen, Favabohnen, Winterkresse, Schlafmohn, Walnüssen, Tabak, Astern, Chrysanthemen und Dahlien, Kohl, Tee, Zuckerrohr, Kakao, Auberginen und Kokospalmen. Die Orte, die er nannte, hießen Kandahar und Samarkand, Buchara und Aşgabad, Hamadan und Khorasan, Württemberg, Kentucky und Massaua, Kalifornien, Oregon, Trinidad, Oaxaca, Dschalalabad, Dschibuti, Addis Abeba, Xinjiang und Kyushu, Manitoba, Saskatchewan und Yucatan. Er erklärte, dass er nach den Ursprungszentren der Kulturpflanzen suchte, also jenen Orten, wo ihre wild wachsenden Vorfahren vor tausenden von Jahren zum ersten Mal vom Menschen domestiziert worden waren. Diese Ursprungszentren seien daran zu erkennen, so Wawilow, dass man die Wildformen der betreffenden Pflanzen dort bis heute in besonderer Mannigfaltigkeit fand. Natürlich wusste ich, dass die Kartoffel aus Südamerika nach Europa und durch Zar Peter den Großen zu uns gekommen war, hatte aber angenommen, dass es Weizen immer und überall schon gegeben hatte. Ich war nicht sicher, ob es als sozialistisch gelten konnte zu erklären, dass der Knoblauch aus dem Tian Shan oder der Kohl aus Griechenland stammte, ließ Wawilow aber vorläufig gewähren. Manchmal schien es, als wollte er behaupten, dass Russland an den Rändern der großen Entwicklungen läge, anstatt Ausgangspunkt und Zündquelle zu sein, und ich beschloss, mir darüber ein Bild zu machen und seine Akte genauer zu studieren.

Um seine oft komplizierten Ausführungen aufzulockern, flocht Wawilow gerne Anekdoten ein. Einmal unterhielt er uns mit witzigen Schilderungen seiner Seekrankheit, die ihm vor allem auf den langen Überfahrten nach Nord- und Südamerika zu schaffen machte. Es war wohl „Ironie des Schicksals", dass der Mann, der in großen Schiffen über die Ozeane gereist war, nun in einem Gefängnis saß, das den Spitznamen „Titanic" trug. Dies lag an der Form des Gebäudes: Es war schmal und langgestreckt und hatte sechs Stockwerke hoch Reihen von winzigen Fenstern, die wie Bullaugen aussahen. Die Todeszellen jedoch lagen unterirdisch und waren fensterlos.

Nutzpflanzen waren Wawilows Leben, über zweihundertundfünfzigtausend Sorten von Saatgut, sagte er, habe er von seinen Streifzügen durch fünf Kontinente mit nach Hause gebracht. Er wollte züchten, einkreuzen, aufpfropfen, Resistenz und Ertrag optimieren. Den Hunger eliminieren: erst den Hunger Russlands, dann den Hunger der Welt. Wohl unter dem Eindruck des eigenen Hungers verweilte er stets lange bei den Dingen, die er auf seinen Reisen gegessen hatte. Süßkartoffeln, die fett und rosig wie Ferkelchen auf den Feldern lagen und auf offenem Feuer gegrillt aromatisch und mehlig zerfielen. Affenfleisch, das er zuerst nicht hatte essen wollen, da ihn der Anblick der gehäuteten Affen an den von Kleinkindern erinnerte, das er dann aber doch kostete und als merkwürdig und unangenehm schmeckend beschrieb. Papageienfleisch, Alligatorenfleisch, riesige grüne Urwaldfrüchte, die bis zu einem Liter bitterer, aber nahrhafter Flüssigkeit enthielten.

Obwohl ich mich zum Leidwesen meiner Frau nie besonders für die Landwirtschaft interessiert hatte, begannen mich nun, wohl infolge einer gewissen Ansteckung durch Wawilows eigene Besessenheit, diese Dinge zu fesseln. Ich machte mich immer öfter daran, in seiner Akte, die tausende von Seiten umfasste, zu lesen. Leutnant Khvat hatte ursprünglich ersucht, von der Untersuchung entbunden zu werden, da er keinerlei wissenschaftliche Kenntnisse besäße. Man entband ihn nicht, sondern wies ihn darauf hin, dass man von ihm überzeugende Ergebnisse erwartete. Aus den Vernehmungsprotokollen ging hervor, dass er seine Aufgabe in glänzender Weise erfüllt hatte. Wie dieser junge Mann – Khvat hatte damals erst knapp das dreißigste Lebensjahr überschritten – den gewandten Wissenschaftler in die Enge trieb, konnte man nicht genug bewundern.

Ich selbst war, als Wawilow nach Saratow kam, achtundvierzig Jahre alt, hatte aber noch kein einziges graues Haar – ich stand ihm also altersmäßig nahe, er musste mich aber für einen erheblich Jüngeren halten. Und hier, bei den Haaren, waren wir auch schon mitten in der Auseinandersetzung. Mein Vater, der mit siebenundfünfzig Jahren verstorben war, war mit kaum angegrauten Schläfen in den Sarg gelegt worden, meine beiden Brüder, einer etwas jünger, einer etwas älter als ich, hatten ebenfalls noch jugendlich dunkles Haar. „Es liegt in der Familie", pflegten wir zu sagen. Wir gingen also davon aus, dass sich so etwas vererbte. Wir sagten: „Er hat die Nase von Tante Natalja Petrowna", oder: „Sie hat das aufbrausende Temperament von Großvater Michail Alexandrowitsch." Keiner von uns hatte sich je Gedanken darüber gemacht, wie eine solche Vererbung vonstatten ginge. Die bourgeoise Wissenschaft nun – man hatte davon ja bereits in der Zeitung gelesen – ging davon aus, dass sich im Körper jedes Menschen unveränderbare Vererbungspartikelchen, sogenannte „Gene" befanden, die Eigenschaften über die Generationen hinweg transportierten. Eine solche Behauptung empörte mich selbstverständlich genauso wie jeden anderen Revolutionär – der Adel, der sich von jeher der edelsten Erbanlagen rühmte, hätte damit seine wissenschaftliche Legitimierung erreicht! Kaum vorstellbar, dass ausgerechnet Wawilow, der einen so bescheidenen, ja demokratischen Eindruck machte, einer der prominentesten Verbreiter dieser schrecklichen Thesen war.

Dann wieder betrachtete ich die Fotografien, die seiner Akte beigelegt waren. Weshalb legte er wohl Wert darauf, stets wie ein zaristischer Professor aufzutreten? Im dreiteiligen Anzug aus feinstem Tuch, mit gestärktem Kragen, Krawatte und Filzhut. Diese Ausrüstung trug er offenbar auch dann noch, wenn er auf dem jämmerlichsten Maulesel durch die unwirtlichsten Gegenden Kafiristans ritt.

Wawilows Verhaftung war lange vorbereitet worden. In seiner Akte fanden sich Berichte von Spitzeln, Überläufern, Mitarbeitern des Geheimdienstes und wissenschaftlichen Gegnern, darunter auch Anzeigen, in denen er beschuldigt wurde, in bösartiger Weise die Lehren Trofim Denissowitsch Lyssenkos zu diskreditieren.

Es musste wohl schon an die fünfzehn Jahre her sein, dass der erste Artikel über Lyssenko in der Prawda erschienen war, und er war mir deshalb unvergesslich geblieben, da Ljudmila darüber in Begeisterung geriet, ihn sich ausschnitt und immer wieder vorlas. Lyssenko gehörte zu einer neuen, aufstrebenden Gruppe von Agronomen, die man „barfüßig“ nannte, was bedeutete, dass sie aus dem Volk kamen und im Gegensatz zu den bourgeoisen Wissenschaftlern keine Lackschühchen trugen. Mit offenem Hemd und Lederkäppi stand er am Feld, man konnte sich vorstellen, wie sich seine nackten Zehen in die Scholle gruben, während die feinen Herren in ihren Laboratorien Fliegenbeine zählten. Er stammte aus derselben Gegend in der Ukraine wie Mila, sie kannte sogar einige seiner Verwandten, und es schien ihr nichts naheliegender, als dass die Zukunft der Landwirtschaft von dort ihren Ausgang nahm. Der Reporter zeichnete den jungen Wunderbiologen als wortkarg und miesepetrig, er schrieb etwas in der Art wie: „Man erinnert sich nur an seinen mürrischen Blick, der auf dem Boden entlangkriecht, als ob er ein Grab für den Gast suche." Wieder und wieder las Mila diesen Satz vor, lachte und rief: „So sind wir! So sind wir!", obwohl sie selbst ganz und gar nicht so war. Ein einziges Mal sei während des Interviews ein Lächeln auf Lyssenkos Gesicht erschienen, nämlich als er von Kirschknödeln mit Zucker und Sauerrahm sprach, wie sie in der Provinz Poltawa gerne gegessen werden. Zur Feier des Tages gab es bei uns Kirschknödel mit Zucker und Sauerrahm. „Wie herrlich bei uns zu Hause die Kirschblüte ist!", schwärmte Mila.

Mittlerweile war Lyssenko gewissermaßen zum obersten Bauern des Landes aufgestiegen, die sowjetische Landwirtschaft wurde nach seinen Vorgaben reformiert. Während Wawilow mit seiner Methode zehn bis dreizehn Jahre für die Entwicklung neuer, ertragreicherer Getreidesorten veranschlagte, konnte Lyssenko diese in zwei bis drei Jahren versprechen – kein Wunder, dass Genosse Stalin ihn vorzog. Wir hatten keine Zeit, das Volk hungerte, die Missernten häuften sich. Lyssenko glaubte nicht an Gene und Unveränderbarkeit, er hatte Wege gefunden, die Nutzpflanzen zu erziehen – so gut zu erziehen, dass über kurz oder lang in Sibirien Südfrüchte wachsen würden.

Normalerweise erzählte ich Ljudmila nur wenig von meiner Arbeit, sie hatte ein zu weiches Herz. Für geistige, logistische, komplexe Verbrechen hatte sie keinen Sinn, jeden, der nicht unmittelbar ein Messer in das Herz eines Mitgliedes der Arbeiter- und Bauernklasse gerammt hatte, hätte sie bedauert. Bei Wawilow machte ich eine Ausnahme. Wie er hatte sie etwas mit Ackerbau zu tun, es lag also nahe, mich mit ihr über dieses Thema, das mich so unerwartet bewegte, zu unterhalten, und es gelang mir, durch meine Erzählung das Schweigen, das seit Monaten zwischen uns eingetreten war, zu durchbrechen. Wir liebten einander, wir hatten einander immer geliebt, aber oft war sie frühmorgens schon in der Kolchose und ich bis Mitternacht im Gefängnis, oder umgekehrt, so dass große Lücken in unserem Zusammensein klafften, die uns bei jedem Wiedersehen verlegener machten. Auch unser Sohn Juri, der zwölf Jahre alt und „aus dem Gröbsten heraus" war, begann ein Fremder zu werden, der wortlos seine Suppe löffelte und wieder verschwand. Natürlich bedeutete das Schweigen auch Einverständnis. Wir waren Revolutionäre. Jeder hatte seine eigene Aufgabe, und doch hatten wir ein gemeinsames Ziel.

Es kam, wie es kommen musste. Eines Morgens drückte mir Mila ein sorgfältig in Zeitungspapier gewickeltes Päckchen in die Hand.

„Das ist für Nikolai Iwanowitsch", sagte sie. Ich öffnete das Zeitungspapier und sah mit Entsetzen eine große, makellose gekochte Kartoffel. Ich blickte Mila an. Sie hielt den Kopf gesenkt, als würde sie erwarten, dass ich sie dafür anbrüllte, dass sie etwas von unserem Essen an einen Volksfeind verschenken wollte. Ich wickelte die Kartoffel wieder ein, steckte sie in die Manteltasche und verließ das Haus.

In meinem Büro im Verwaltungstrakt der „Titanic" angekommen, befreite ich die Kartoffel erneut vom Zeitungspapier und legte sie auf meinen Schreibtisch. Das Einfachste wäre gewesen, sie kurzerhand in den Mund zu stecken und aufzuessen. Ljudmila tat zwar ihr Bestes, uns satt zu bekommen, aber das war natürlich unmöglich. Mir fiel auf, dass unser Frühstück heute besonders üppig gewesen war, wir hatten ein Stück Butter in die Gretschka bekommen und der Tee war mit Beerenmarmelade gesüßt gewesen – Mila hatte wohl gehofft, mit solcherlei Vorkehrungen die Kartoffel vor mir zu beschützen. Und so wenig es mein Gewissen belastet hätte, Wawilow um sein Geschenk zu bringen, so unmöglich war es für mich, Milas kleinen Plan zu durchkreuzen.

Was sie nicht bedacht hatte, war, dass mir ein solches Beschenken von Gefangenen natürlich verboten war. Es gab auch noch einen weiteren Grund, weshalb ich Wawilow seine Kartoffel nicht in der Zelle aushändigen konnte: Er hätte sie nicht lange behalten. Ich legte die Kartoffel in eine Lade und ließ ihn mir vorführen.

Als Wawilow zu mir kam, sah ich im Tageslicht zum ersten Mal deutlich die geschwollenen Augenlider, die typisch für die Herzkranken waren. Er hatte nun viele Wochen und Monate in der Erwartung zugebracht, dass das Todesurteil an ihm vollstreckt werde. Er war wohl jede Nacht um drei, vier Uhr aufgewacht, auf die Schritte der Wachmänner wartend, die ihn in den Hof geleiten und vor das Erschießungskommando stellen würden. Eine Zehnerschaft Achtzehnjähriger, so übermüdet wie er selbst und gepeinigt vom Drill, würde ihn blindlings ermorden. Zwei würden absichtlich danebenschießen, drei weitere unabsichtlich, die restlichen fünf würden treffen. Er hatte keine Seife, keine frische Luft, kein Schreibzeug, keine Bücher, keine Arbeit. (Es gab Hochverräter wie den Flugzeugingenieur Tupolew, die man in der Gefangenschaft arbeiten ließ, um ihre Fähigkeiten dem russischen Volk zugute kommen zu lassen. War es nicht vorstellbar, dass man auch für den Pflanzenzüchter Wawilow noch Verwendung fand? Es war faszinierend, wie man beim Anblick eines Gefangenen sekundenlang seine Hoffnungen teilte.)

Ich forderte Wawilow auf, auf einem Stuhl vor meinem Schreibtisch Platz zu nehmen. Lange – während er der schrecklichsten Eröffnungen harrend zu Boden blickte – wusste ich nicht, wie ich die Rede auf die Kartoffel bringen sollte. Schließlich legte ich sie einfach auf den Tisch und sagte, sie sei ein Geschenk meiner Frau. Wawilow war ein intelligenter Mann, ein kurzer Blick in meine Augen sagte ihm, dass er keine ruhige Minute mehr haben würde, wenn er jemals irgendjemandem von dieser Kartoffel erzählte. Er nahm sie in die Hand und betrachtete sie von allen Seiten. Ich hatte das Gefühl, dass er mehr daran interessiert war, die Sorte zu bestimmen, als sie zu essen. Auch das kam vor: Der ständige Hunger ließ den Hunger verschwinden. Doch so weit war es mit Nikolai Iwanowitsch noch nicht, zu guter Letzt führte er die Kartoffel zum Mund und verschlang sie in zwei Bissen.

„Ich bitte Sie“, sagte er mit einer angedeuteten Verbeugung, „überbringen Sie Ihrer Frau meinen aufrichtigsten Dank. Sie muss ein außergewöhnlicher Mensch sein.“ Und ehe ich auch nur daran denken konnte, ihn in die Schranken zu weisen, war er schon fortgefahren: „Sie sind gewiss stolz, eine solche Frau zu haben, und Sie können sich ohne Zweifel vorstellen, wie es ist, von seinen Angehörigen getrennt zu sein und nicht zu wissen, wie es um sie steht.“ Da er nun schon einmal begonnen hatte, lehnte ich mich zurück und verschränkte die Arme, um zu sehen, wohin dies führen würde.

„Meine Frau Jelena Barulina ist krank“, sagte Wawilow und versuchte mit jedem Wort, das Zittern aus seiner Stimme zu vertreiben, „sie hat eine schwere Nervenkrankheit und kann ihre Finger kaum bewegen.“ Unwillkürlich hielt er die Finger hoch und bewegte sie mühsam, als wären sie von einem Krampf gelähmt.

„Und mein Sohn Juri, er ist erst dreizehn Jahre alt. Vielleicht haben Sie selbst einen Sohn? Eine Tochter?“ Bei dem Namen Juri war ich zusammengezuckt, es war mir nicht bekannt gewesen, dass Wawilows Sohn denselben Namen trug wie meiner und dass die beiden beinahe gleich alt waren. An meiner Sachlichkeit änderte diese Information jedoch nichts.

„Ich weiß nicht, wo sie sind, ob sie den Deutschen in die Hände gefallen sind. Ich weiß nicht, ob sie genug zu essen haben, ob sie Geld haben, ob Lenotschka noch ihre Rente bekommt. Ich weiß nicht, ob Juri in die Schule geht, in welcher Stadt er wohnt, was aus ihm geworden ist. Bitte verstehen Sie meine Verzweiflung. Bei aller Not, aller Krankheit, allem Hunger ist diese Sorge die schlimmste für mich. Waren sie noch imstande, nach mir zu suchen, und wenn ja, weshalb haben sie mich nicht gefunden? Ich habe von ihnen keine Post und keine Pakete erhalten, weder in der Lubjanka noch hier, aber Briefe von anderen habe ich erhalten. Was bedeutet das? Ich bitte Sie, helfen Sie mir. Sie waren so gut, mir eine Kartoffel zu übergeben, die Sie ohne die geringste Konsequenz selbst essen hätten können. Sie sind ein gütiger Mensch, verzeihen Sie mir diese Feststellung." Nikolai Iwanowitsch tat gut daran, mich für diese Behauptung umgehend um Verzeihung zu bitten, sonst wäre ich versucht gewesen, ihm auf der Stelle durch einen Faustschlag zu demonstrieren, wie viel von ihr zu halten war.

„Sie sind ein verurteilter Volksfeind", sagte ich sanft. „Denken Sie, dass die Frau eines Volksfeindes noch eine Rente bekommt? Dass sie eine Arbeit bekommt?" Wieder sah ich den Kummer in Wawilows Augen aufschlagen wie Wellen in Brandungslöchern, und wieder empfand ich den großen Frieden, den der Anblick seines Schmerzes mir gab. Denn der Schmerz, der im Allgemeinen so banal und schäbig aussah und einen so gereizt machte gegen die Leidenden, verlieh dem Betrachter in einzelnen Fällen doch ein besonderes Gefühl. Es war, als würde man einen Sibirischen Tiger jagen, nachdem man in endloser Treibjagd auf Hasen abgestumpft war.

„Nikolai Iwanowitsch", sagte ich, „sagen Sie mir, haben Sie schon einmal ein Gen gesehen?"

Überrascht sah er mich an.

„Nein", sagte er, „aber ich habe auch noch nie Röntgenstrahlen gesehen. Oder Radiowellen."

Nun beugte ich mich vor. „Wissen Sie, was die Deutschen mit Ihren Genen machen? Wissen Sie, dass die Deutschen Herrenmenschen züchten und sogenanntes ‚unwertes' Leben ausrotten wollen mit Ihren Genen? Wissen Sie, dass die Folge Ihrer Gene der schrecklichste Rassismus ist?" Ich sprang auf, stützte die Fäuste auf den Schreibtisch: „Verstehen Sie, Nikolai Iwanowitsch, weshalb Sie ein Volksfeind und ein Klassenfeind sind?“ Erschrocken knetete Wawilow seine Finger. Falls er gedacht hatte, dass die Kartoffel mit Vergebung gewürzt sein würde, war diese Hoffnung nun gründlich zerstört.

„Niemals“, setzte er zu seiner Verteidigung an, „hat die Genetik ...“ Ich hob die Hand, um ihm Einhalt zu gebieten, und setzte mich wieder.

„Ich bin kein Wissenschaftler und kein Philosoph“, sagte ich, „aber eines habe ich verstanden: Wir Marxisten können nur an eines glauben, nämlich dass die Umwelt den Menschen formt. Die Erziehung formt Menschen ebenso wie Pflanzen, und diese durch Lernprozesse erworbenen Eigenschaften werden vererbt. Wir können die Welt verändern, wenn wir so denken. So wie die Vorfahren der Giraffen durch ständiges Recken ihrer Hälse erreicht haben, dass die Hälse schließlich länger wurden, so können auch wir durch Fleiß und Willenskraft uns selbst neu erschaffen und damit die Welt.“ Wieder beugte ich mich vor: „Meine Großeltern waren Leibeigene, Nikolai Iwanowitsch. Denken Sie, dass ich Leibeigenen-Gene habe und dass auch meine Urenkel noch Leibeigenen-Gene haben werden?“

„Das ist es doch!“, rief er. „Bedenken Sie: Wenn die Umwelt den Menschen formt, und wenn die durch Umweltbedingungen geformten Eigenschaften vererbt werden, dann müssten doch ausgerechnet jene Klassen minderwertig sein, die unter schlechten Voraussetzungen für ihre körperliche und geistige Entwicklung gelebt haben! Sie und ich, wir wären minderwertig! Auch meine Großeltern waren Leibeigene! Und doch hat es mein Vater durch Fleiß und Willenskraft zu so viel Wohlstand gebracht, dass er nach der Revolution das Land verlassen musste, und man mich nun als ein Mitglied der Bourgeoisie ansieht!“

„Also“, sagte ich, „erklären Sie mir das mit den Giraffen.“

„Wir haben noch nicht alles verstanden, was die Evolution betrifft, aber wir gehen davon aus, dass zufällige Spontanmutationen …“

„Was bedeutet das?“, unterbrach ich.

„Tiere, die zufällig einen etwas längeren Hals hatten als andere, hatten einen Überlebensvorteil, da sie die höher wachsenden Baumkronen besser erreichten, und dadurch wiederum hatten sie höhere Fortpflanzungschancen …“

„Das ist doch Unsinn“, unterbrach ich wieder, „ich versichere Ihnen, der Schwager meiner Schwester, Michail Dmitriewitsch, ist der faulste und dümmste Mensch auf der Welt, ohne den geringsten Überlebensvorteil, und er hat vierzehn Kinder!“ Spontan brach Wawilow in Lachen aus und steckte mich damit an. Durch das Fenster konnte ich in der Ferne die gelben Hügel sehen, die Saratow umgeben, und die Farbschleier, die je nach atmosphärischer Gegebenheit sekundenschnell über sie fielen: von grau über rötlich bis violett und blau. Wawilow würde nun wieder in den Keller zurückkehren und das Tageslicht für lange Zeit entbehren. Er folgte meinem Blick und gemeinsam beobachteten wir, wie sich aus braunem Staub eine Windhose formte, die mit ihrer Spitze lautlos über die Hügel strich.

„Wenn Sie etwas über meine Familie in Erfahrung bringen könnten …“, sagte er. „Glauben Sie mir, ich bin kein Rassist …“

„Ich werde sehen, was sich machen lässt“, sagte ich, ohne den Blick von der Windhose abzuwenden. Selbstverständlich würde ich nichts dergleichen tun, und das wusste er auch.

Da ich spürte, dass Mila vor Neugierde halb umkam, blieb mir nichts anderes übrig, als ihr Wawilows Dank und Kompliment auszurichten. Ich musste ihr haarklein jedes Wort wiedergeben, das Wawilow gesagt hatte, alles, was er über Gene dachte und über Giraffen. Zu guter Letzt erwähnte ich auch noch seine Frau und seinen Sohn, die möglicherweise in die Hände der Deutschen gefallen waren.

Es dauerte nur wenige Tage, bis Mila herausgefunden hatte, wo sich Jelena Barulina und ihr Sohn Juri befanden.

„Stell dir vor, sie sind in Saratow, sie sind hier bei Verwandten untergekommen! So ein Zufall! Die Frau hat gelähmte Hände, sie kann kaum waschen und kochen oder sonst etwas im Haushalt tun." Ich hätte es wissen müssen. Mila kannte jeden, und wenn sie jemanden nicht kannte, kannte sie jemanden, der jemanden kannte, der ihn kannte. Dennoch war auch ich verblüfft, dass sich die beiden in Saratow aufhielten, offenbar wohnten sie nicht einmal eine Viertelstunde von der „Titanic" entfernt. Es hatte etwas Tragisches, dass sie vielleicht oft an dem großen Gebäude vorbeigegangen waren, ohne im Geringsten zu ahnen, dass ihr Ehemann und Vater ein paar Schritte von ihnen entfernt im Keller schmachtete. Und auch Wawilow wusste nichts davon, dass über ihm die Schritte seiner vermissten Angehörigen über den Platz hallten. So tragisch es in einem philosophischen Sinne war, es würde so bleiben müssen, das wusste auch Ljudmila. Ausländische Mächte hatten sich bereits auf die Suche nach Wawilow gemacht und es lag nicht im nationalen Interesse, irgendjemandem mitzuteilen, wo er sich befand. Ich zog vielmehr in Erwägung, Jelena Barulina irgendwann von den Behörden vorladen zu lassen, um sie einer strengen Befragung nach dem Verbleib ihres Gatten zu unterziehen. Die Angehörigen glauben zu lassen, man würde sie verdächtigen, einen Verurteilten zu verstecken, war im Allgemeinen ein sehr effektives Mittel der Desinformation.

Um mich nicht aufzuregen, ließ Mila geraume Zeit verstreichen, ehe sie mir das nächste Päckchen für ihren Schützling mitgab. Sie hatte ihm ein schönes Stück „Sonnenblumenkuchen" abgezweigt – so nannten wir die Reste der Ölpressung, die meine Frau ebenso wie viele andere Einwohner Saratows um wenig Geld in der Sonnenblumenölfabrik holten.

Ich war also gezwungen, mir Wawilow wiederum in meinem Büro vorführen zu lassen. Er hatte kaum seiner Dankbarkeit für die Güte meiner Frau Ausdruck verliehen, als er schon nach seiner Familie fragte. Mitleidig schüttelte ich den Kopf, es gäbe keinerlei Nachricht über ihren Aufenthaltsort. Daraufhin begann er von einem seiner Freunde und Mitarbeiter zu sprechen, dem Biologen Georgi Dimitrijewitsch Karpetschenko, der ebenfalls verhaftet worden war und über dessen Schicksal er sich große Sorgen machte. Karpetschenko hatte in den Vereinigten Staaten von Amerika gearbeitet und es hatte Wawilow Monate der Überredung gekostet, um ihn dazu zu bewegen, in seine Heimat zurückzukehren und seine Kenntnisse in den Dienst der Sowjetunion zu stellen. Niemals, sagte Wawilow, hätte Karpetschenko sein bequemes Leben im sonnigen Klima Kaliforniens aufgegeben, hätte er ihn nicht immer und immer wieder bedrängt und ihn an die Verantwortung für sein eigenes Volk erinnert. Zuletzt habe er ihn gesehen, als er gemeinsam mit ihm von Leutnant Khvat verhört worden war. Er sei sich sicher, sagte Wawilow, in diesem Verhör Karpetschenko nicht belastet zu haben und auch von ihm nicht belastet worden zu sein, obwohl er zuvor gefoltert worden sei und vermutlich auch Karpetschenko gefoltert worden sei. Seine Schuldgefühle schienen ihn so niederzudrücken, dass er den Sonnenblumenkuchen in kleine Krümel zerbrach, ohne einen einzigen davon in den Mund zu stecken.

„Hören Sie", sagte ich, „Georgi Dimitrijewitsch Karpetschenko ist verschwunden. Wahrscheinlich ist er untergetaucht und hat sich ins Ausland abgesetzt." Ich wusste, dass Karpetschenko längst exekutiert worden war.

„Ich danke Ihnen", sagte Wawilow aufatmend, „natürlich hätte er das nicht tun dürfen, aber ich bin froh, etwas über ihn zu erfahren."

Ich ließ ihm etwas Zeit, seinen Sonnenblumenkuchen zu verzehren – er war klug genug, um zu wissen, dass ein Hungernder langsam essen musste, so mancher war vom Verschlingen der Nahrung schon tot umgefallen.

„Sie sind doch ein intelligenter Mann", sagte ich, „weshalb nur können Sie von dieser verrückten Gen-Geschichte nicht lassen? Es wäre doch so einfach: Sie widerrufen, Sie sind frei, Sie führen ein schönes Leben."

„Sie meinen, wie Galilei?", fragte Wawilow spöttisch. „Eppur si muove!", rief er plötzlich aus.

„Bitte verzeihen Sie", lenkte er sofort wieder ein, als er meinen verärgerten Blick sah. „Das bedeutet: Und sie bewegt sich doch. Hier, ich schreibe es Ihnen auf, Sie können es überprüfen. Galilei soll das gemurmelt haben, nachdem er vor der päpstlichen Kurie seine Überzeugung widerrufen hatte, dass sich die Erde um die Sonne drehe."

Ich sah mir den Papierstreifen an, auf den er sein Italienisch gekritzelt hatte, ging aber darauf nicht ein.

„Was um alles in der Welt", fragte ich, „widerstrebt Ihnen denn so an der Vorstellung, dass die Umwelt Erbanlagen beeinflusst, und dass diese Anlagen veränderbar sind?"

„Ich will es Ihnen anhand eines Beispieles erläutern", sagte Wawilow, „es genügt dazu der ganz normale Menschenverstand, es bedarf keinerlei wissenschaftlicher Vorkenntnisse. Sie haben doch bestimmt Haustiere, Kaninchen vielleicht? Also, angenommen, Sie hätten zwei Kaninchen, ein männliches und ein weibliches. Sie wünschen nun, dass die Nachfahren dieser beiden keine länglichen Ohren mehr haben, sondern kurze, spitze wie eine Katze. Um dies zu bewerkstelligen, schneiden Sie Ihren beiden Kaninchen die Ohren ab und in der gewünschten Form zu. Dann paaren Sie sie. Denken Sie nun, dass die Jungen dieser beiden Kaninchen ebenfalls kurze, spitze Ohren wie eine Katze haben werden?" Obwohl ich mich noch nie der

Kaninchenzucht gewidmet hatte, hatte ich meine Zweifel und schwieg daher.

„Oder ein anderes Beispiel: Sie möchten blaue anstelle von weißer Baumwolle gewinnen und färben Ihre Baumwollpflanzen mit Tinte blau ein. Denken Sie, dass aus den Samen dieser Pflanzen ebenfalls blaue Baumwolle wächst?“

„Beleidigen Sie mich nicht“, fuhr ich ihn an, „das ist Bauernfängerei. Natürlich ist die Sache viel komplizierter. Aber nun werde ich Ihnen ein Beispiel geben: Das Fell des Schneeleoparden ist schwarz und weiß gefleckt, da er überwiegend im Schnee lebt. Das Fell seines im tropischen Dschungel lebenden Verwandten dagegen ist schwarz und gelb gefleckt, was ihm dort wiederum zu einer besseren Tarnung verhilft. Es ist ja nun wohl ganz eindeutig, dass die Umwelt einen maßgeblichen Einfluss auf die Eigenschaften des jeweiligen Tieres hat! Das können Sie doch nicht bestreiten!“

„Das lässt sich“, sagte Wawilow in beruhigendem Ton, als würde er auf einen Irren einreden, „ganz ähnlich wie bei den Giraffen mit der natürlichen Selektion auf der Basis zufälliger Spontanmutationen erklären.“

„Wir sind also alle nur ein Produkt des Zufalls?“, fragte ich.

„Genetisch gesprochen, ja.“

„Wir sprechen hier aber nicht genetisch!“, brüllte ich und schlug auf den Tisch. „Wir sprechen hier von den großen historischen Möglichkeiten, die eine Revolution zur Veränderung der gesamten Menschheit zu bieten hat!“

Eine Weile lang hörte man nur den Wind, der versuchte, die Regenrinne aus ihren Verankerungen zu reißen.

„Ich verstehe nicht, weshalb Sie sich so große Mühe mit mir geben“, sagte Wawilow schließlich gedrückt.

„Sie haben Recht“, sagte ich, nun wieder sanft, „auch wenn Sie jetzt widerrufen, ändert dies nichts mehr an Ihrem Todesurteil.“

Ich besuchte weiterhin gelegentlich die „Vorlesungen“, wo weder Wawilow noch ich zu erkennen gaben, welche Gespräche wir unter vier Augen geführt hatten. Der Gefängnisalltag ging weiter, der Krieg zog sich hin, langsam kam der Frühling. Eines Abends erwartete mich Mila mit einer freudigen Nachricht: „Die Weiße hat ein Ei gelegt!“

Die Weiße war eine von unseren beiden Gänsen. Auch die andere war weiß, doch hatte sie ein paar braune Federn am Kragen und wurde daher die Braune genannt. Es hatte große Selbstbeherrschung gekostet, sie über den Winter durchzufüttern, in der Hoffnung darauf, dass sie im Frühjahr beginnen würden, uns regelmäßig mit Eiern zu versorgen. Da die Gänse eine große Kostbarkeit darstellten, mussten wir sie immer gut einschließen, sonst wären sie Räubern zum Opfer gefallen. Als der Hunger immer größer wurde, hatten wir es nicht mehr gewagt, sie im Schuppen zu lassen, sondern waren dazu übergegangen, sie in unserem Schlafzimmer zu halten, das ein vergittertes Fensterchen hatte, so dass von außen niemand einsteigen konnte. Wenn wir fortgingen, sperrten wir nicht nur das Gartentor und die Haustüre, sondern auch die Schlafzimmertüre ab. Oft genug hatten die Gänse uns aus dem Schlaf gerissen, wenn sie in ihrem Verschlag in Streit gerieten und plötzlich laut zu schnattern und zu flattern begannen. Aber die Eier, die Eier, im Frühjahr würden sie Eier legen. Wenn wir uns liebten, wurden sie dagegen ganz still, drängten sich dicht an ihr Drahtgitter und starrten uns an. Es wirkte, als wären sie besorgt, und das waren sie auch zu Recht, denn wenn Mila schwanger würde, dann würde es etwas zu feiern geben und dann müsste eine von ihnen daran glauben. Mila war bereits achtunddreißig und wir hatten große Sorge, dass sie kein Kind mehr bekommen konnte.

Über den Winter hatten wir mitansehen müssen, wie die Weiße und die Braune immer mehr vom Fleisch fielen, da ja im Garten auf der dicken Schneedecke nichts Essbares für sie zu finden war und sie von den kargen Spelzen, die Mila aus der Kolchose für sie mitbrachte, nicht satt wurden. Hätten wir sie nicht im Herbst schlachten sollen, als noch halbwegs etwas dran an ihnen war? Insgeheim stellte ich bisweilen Überlegungen an, wie es zu bewerkstelligen wäre, ihnen die Flügel zu amputieren, damit wir wenigstens diese braten könnten. Man hätte die Wunden vielleicht kauterisieren können, um zu verhindern, dass sie daran verbluteten. Natürlich hätte Mila das nie zugelassen – auch, was Tiere betraf, hatte sie ein viel zu weiches Herz.

Und nun war es endlich so weit, das erste der lang ersehnten Eier war gelegt. Mila röstete Zwiebelringe in Schmalz an, goss das Ei der Weißen darüber aus und rührte kräftig um. Von diesem Festmahl erhielt ich den größeren Anteil, der kleinere ging an Juri. Mila sagte, sie hätte keine Lust auf Rührei.

Am nächsten Morgen erwartete mich wieder ein in Zeitungspapier gewickeltes Päckchen.

„Für ihn“, sagte Mila. Ich wickelte es aus und fand zu meinem Erstaunen ein hartgekochtes Gänseei.

„Auch die Braune hat ein Ei gelegt“, sagte Mila.

Wortlos machte ich mich auf den Weg. Ich war wütend. Was war nur in sie gefahren? Welchen Narren hatte sie an diesem Mann gefressen, den sie nur aus der Zeitung und meinen Erzählungen kannte und der noch dazu der erklärte Feind ihres großen Helden Lyssenko war? Wo kamen wir denn hin, wenn wir anfingen, mit unseren besten Nahrungsmitteln Gefangene und sonstige Elemente durchzufüttern? Nach all der Mühe, die wir mit den Gänsen gehabt hatten! Was kam als nächstes? Kaviar?

Mein täglicher Weg zur „Titanic“ führte mich ein Stück weit am Ufer der Wolga entlang. An der Böschung sah ich eine Gruppe von Bettlern, die aus Planen einen Unterstand gebaut hatten und rund um eine Feuerstelle saßen. Auch ein paar Kinder mit aufgedunsenen Bäuchen und Beinchen, die dürr wie Zweige waren, waren dabei. Barfuß und behende kletterten sie über die Steine. Als ich näher kam, stieg mir Bratenduft in die Nase. Sollten diese Elenden etwa Fleisch gestohlen haben? Ich tat so, als würde ich unbeteiligt vorübergehen, dann bog ich blitzschnell ab und stand mit wenigen Sprüngen am Feuer. Ebenso blitzschnell hatten die Bettler die Corpora delicti in den Falten ihrer Lumpen oder im Gerümpel ihrer Habseligkeiten verschwinden lassen. Verstohlen versuchten sie, von Mündern und Händen das Fett abzuwischen. Aus dem Augenwinkel sah ich, wie der Blick einer Frau immer wieder zu einer umgedrehten irdenen Schüssel irrte. Ich bückte mich und hob die Schüssel an: Ein großes Stück gebratenen Fleisches kam darunter zum Vorschein. Die Bettler schienen aufzuatmen, als wären sie erleichtert, nichts mehr verheimlichen zu müssen.

„Wo habt ihr das gestohlen?“, fragte ich in die Runde.

Ein Mann, offenbar der Anführer, erhob sich und sagte: „Ergebenst, wir haben es nicht gestohlen. Es stammt von einem toten Hund, den der Fluss angespült hat.“

Ich forderte sie auf, mir die Überreste des Hundes zu zeigen, damit ich ihnen Glauben schenken konnte.

„Es gibt keine Überreste. Wir haben sie wieder ins Wasser geworfen.“

Ich verlangte nun, dass sie mir alle Fleischstücke zeigten, damit ich mir die Knochen ansehen konnte.

„Es gibt keine Knochen. Wir haben die Knochen ins Wasser geworfen.“

Die Frau ließ die irdene Schüssel herumgehen und jeder legte sein Fleisch hinein. Es war kein einziger Knochen dabei. Ich sprang zu den Ufersteinen, schnappte mir eines der Kinder, einen vielleicht neunjährigen Knaben, packte und schüttelte ihn.

„Sag mir, was hier gebraten worden ist! Ich prügle dich windelweich, wenn du mir nicht die Wahrheit sagst!“, schrie ich. Der Knabe begann seinerseits loszuschreien wie eine Sirene.

„Welches Tier! Sag es mir!“, brüllte ich und schüttelte ihn, doch er holte nur Luft, um seinen endlosen Schrei fortzusetzen. Schließlich schleuderte ich ihn auf die Erde und ging zur Feuerstelle zurück.

Ich nahm ein Stöckchen und stocherte in den Fleischstücken herum, um anhand ihrer Konsistenz zu erkennen, von welchem Tier sie stammten. Das Fleisch hatte am ehesten Ähnlichkeit mit Schweinefleisch, sollten die Bettler irgendwo eine Sau geraubt haben?

„Was für ein Hund war das?“, fragte ich.

„Ein großer Hund, ein Wolfshund. Groß wie ein Wolf“, sagte der Anführer. An seinen Augen erkannte ich, dass er mir frech ins Gesicht log. Ein entsetzlicher Verdacht, der schon die ganze Zeit in meinem Hinterkopf angeklopft hatte, trat mir nun offen ins Bewusstsein. Was, wenn die Bettler eine Wasserleiche ausgeschlachtet hatten? Oder wenn sie gar einen der ihren getötet hatten, um ihren Hunger zu stillen? Es waren schlimme Zeiten, solche Geschichten von Kannibalismus gingen um, obwohl es nie einen Beweis dafür gab. Auf der Polizeiwache war erst vor Kurzem ein Knabe verhört worden, der als Dieb aufgegriffen worden war. Er behauptete, er wäre von zu Hause ausgerissen, da seine Eltern begonnen hätten, die Kinder aufzuessen. Beginnend mit dem Jüngsten: Erst hätten sie das Baby aufgegessen, dann die zweijährige Schwester, dann den sechsjährigen Bruder. Als er an der Reihe war, sei er davongelaufen, sagte der Knabe.

Ich nahm die Schüssel mit dem Fleisch und warf sie ins Wasser, wo die grauen, dahinrasenden Wellen sie auf der Stelle verschlangen. Mit kräftigen Fußtritten zerstörte ich die Feuerstelle und trat die Glut in alle Winde. Die Bettler waren aufgesprungen und drängten sich in gebührender Entfernung zusammen wie ein paar Schafe, die Schutz vor einem Unwetter suchten. Ich trampelte auf ihren Habseligkeiten herum und versuchte alles, was zu zerbrechen war, zu zerbrechen. Dabei bemerkte ich, dass ich unwillkürlich die Hand in der Manteltasche um das Ei geschlossen hatte, um es nicht zu verlieren. Ich riss die Planen mitsamt ihrem Gestänge nieder und trat in die Lumpenbündel hinein, die wohl als Schlafstellen gedient hatten.

Als nichts mehr zu tun war, ging ich zur „Titanic", legte in der Ruhe und Ordnung meines Büros den Mantel ab, steckte das Päckchen mit dem Ei in die Schreibtischschublade und ließ mir den Gefangenen Wawilow vorführen.

Sobald die Wachen den Raum verlassen hatten, legte ich das Päckchen auf den Tisch. Wie nicht anders zu erwarten, war Nikolai Iwanowitsch zutiefst gerührt. Sorgfältig schälte er das Ei (er erinnerte dabei an eine Frau, die aus Seidenpapier ein kostbares Schmuckstück herauslöst), um es vor meinen Augen zu verzehren. Als er es aufgegessen hatte, betrachtete er die Eierschalen, die vor ihm auf dem Tisch lagen.

„Ein wenig Kalk kann meinem Organismus nicht schaden", sagte er, steckte sie in den Mund und begann sie knirschend zwischen den Zähnen zu zermahlen.

Wir sprachen über die Deutschen. Wawilow meinte, man müsse unterscheiden zwischen Deutschen und Nazis. Ich erinnerte mich, dass er einen Teil seiner Ausbildung in Deutschland absolviert hatte, so dass er diesem Volk wohl schon seit Langem verbunden war. Darüber hinaus hatte man eine reiche Zahl an Fachbüchern und -zeitschriften in deutscher Sprache bei ihm gefunden, ebenso wie solche in Englisch, Italienisch usw. Es hieß, dass Wawilow 22 Sprachen beherrschte. Selbst seine eigenen Notizen fasste er in Fremdsprachen ab. Dass ihn das nicht gerade zu einem guten Russen machte, war wohl seiner Aufmerksamkeit entgangen.

Nun machte er sich aber doch große Sorgen, dass den deutschen Truppen Teile seiner Samensammlung in die Hände fallen könnten. Es war wohl so, dass das Saatgut alle zwei bis drei Jahre ausgesät werden musste, da es sonst seine Keimfähigkeit verlor. Auch um Experimente mit den unterschiedlichen Boden- und Witterungsbedingungen durchführen zu können, waren die Samen auf zahllose Versuchsstationen im ganzen Land verteilt. In der Ukraine, in Weißrussland, im Baltikum, in Karelien – überall wurde gekämpft. Die Blockade Leningrads bereitete Wawilow die größten Sorgen, da sich dort sein Institut und der Hauptteil seiner Sammlung befanden. Sein ehemaliges Institut, musste man sagen, denn natürlich war er schon lange nicht mehr sein Direktor. Er schilderte es mit einer Liebe, mit der andere ihr Elternhaus beschrieben. Das Institut befand sich im ehemaligen Palast des zaristischen Landwirtschaftsministers, es wies schmale, verwinkelte Gänge ebenso auf wie prächtige Freitreppen und Säle mit Kristalllüstern. Der Stuck war florentinisch, die Decken vergoldet, die Täfelungen handbemalt. Sein Arbeitszimmer hatte Wawilow im ehemaligen Boudoir der Gattin des Landwirtschaftsministers. Sein Herz aber hing an hohen Holzregalen, an Blechkästen, Pappkartonschachteln und braunen Papiertüten. Es hing an gepressten Blättern, vertrockneten Wurzeln, an Teeplatten, Stärkestücken und Samenmustern. Ein bisschen erinnerte er mich an meinen Großonkel Oleg Wladimirowitsch, der in hohem Alter senil wurde und plötzlich begann, Steinchen zu sammeln. Das ganze Haus füllte er mit seinen Steinchen, jedes Regal, jede Schublade, die Ofenbank, die Küchenschränke, schließlich die Töpfe und Teller. „Es gibt Schlimmeres", pflegte meine Großtante zu seufzen, „es gibt Schlimmeres." Er sah weiß Gott was in seinen Steinchen, zu jedem hatte er eine Geschichte zu erzählen.

„Bedenken Sie", sagte ich zu Wawilow, „Leningrad wird seit Monaten belagert. Wir haben keine Vorstellung von dem Hunger, der dort herrscht. Wahrscheinlich fressen die Menschen einander schon gegenseitig auf. Und Ihr Institut ist bis unter die Decken gefüllt mit Bohnen und Nüssen und Kartoffeln und was weiß ich alles. Was denken Sie wohl, was sich dort abgespielt hat?“

Wawilow furchte die Stirn. „Meine Mitarbeiter würden die Sammlung mit ihrem Leben verteidigen“, sagte er.

„Das mag schon sein. Weil sie sich und ihre Familien damit ernähren wollen.“

„Nein“, schüttelte er den Kopf, „sie würden eher verhungern, als die Sammlung anzugreifen.“ Nun hielt ich es durchaus für wahrscheinlich, dass Wawilow eine solche bedingungslose Loyalität in seinen Mitarbeitern hervorzurufen vermochte, denn er hatte eine Art, einen mit seiner Begeisterung anzustecken, die auch an mir nicht spurlos vorübergegangen war.

„Wer sagt Ihnen denn, dass es überhaupt noch *Ihre* Mitarbeiter sind, die die Sammlung betreuen?“, fragte ich. Wawilow wusste, dass ich Recht hatte, er war nicht der Einzige, der ersetzt worden war, es hatte große Säuberungen gegeben. Einen Moment lang sah ich wieder die Brandungslöcher in seinen Augen.

„Wissen Sie“, sagte er, „ich habe einen Traum: In fünfzig oder sechzig, vielleicht auch in hundert Jahren, könnten zum Beispiel bestimmte Formen der Wildkartoffel im Anden-Hochland ausgestorben sein. Sind sie für immer von unserem Planeten verschwunden? Nein! Denn in einem alten Palast in Leningrad wird es noch lebensfähige Exemplare dieser Wildkartoffeln geben, man wird sie verpacken und nach Südamerika schicken, wo sie wieder angesiedelt werden können. Soll eine solche historische Verantwortung ...“

„Und dafür sollen Menschen sterben? Menschen, die mit Hilfe Ihrer Kartoffeln gerettet werden könnten?“, unterbrach ich ihn.

Er schüttelte den Kopf. „Nein, natürlich nicht“, sagte er.

„Warum?“, fragte ich Ljudmila. „Warum das Ei?“

Sie schwieg verlegen.

„Warum für diesen Menschen? Ist dir denn nicht bewusst, dass er der Erzfeind deines Lieblings Lyssenko ist?“

„Ja, es stimmt“, sagte Mila, „dass ich von Trofim Denissowitsch sehr lange sehr angetan war. Jemand, der vom Land kommt, dem die Revolution zu einer unglaublichen Laufbahn verhilft. Ein einfacher Mensch, der nie zu viel wissen will, sondern immer nur, was nötig ist. Der eine proletarische Biologie vertritt ...“

„Und?“, fragte ich.

„Ich weiß, ich sollte das nicht sagen, aber wir bekommen ständig neue Vorgaben, und wir setzen sie alle um, aber die Lage wird schlechter und schlechter. Wir pflanzen Mais hier und Hirse da und Kartoffeln dort, wir säen den Winterweizen dann und den Sommerweizen dann und die Kartoffeln mitten in der ärgsten Sommerdürre. Wir pflügen im Herbst, wir jäten im Frühjahr, wir walzen die Felder vor und nach der Aussaat. Das soll verhindern, dass der Boden nach Regen zusammenbackt. Wir stellen Gatter auf, um den Schnee zu sammeln, wir versetzen sie nach jedem Schneesturm, zwischen ihnen errichten wir Schneewälle, um die Feuchtigkeit an den richtigen Stellen zu sammeln. Wir setzen Grunddüngung und Kopfdüngung ein, wir verbreitern oder verschmälern die Reihen. Wir betreiben Fruchtwechsel, einmal mit Gräsern, einmal ohne Gräser, wie man es uns sagt. Wir erziehen das Getreide, wie man es uns erklärt hat! Wir messen die Bodentemperatur, wir härten das Saatgut ab, wir nehmen immer die größten Körner der frühesten Aussaat. Wir wiegen die Körner, wir düngen mit Schafmist, dann wieder mit Industriedünger. Wir legen die Samen in Salzlösung, in Eiswasser, in Dung. Wir erziehen Wintergetreide zu Sommergetreide um. Wir sind jederzeit bereit, die Steppe zu bezwingen und die Natur zur Vernunft zu bringen, aber die Natur kommt einfach nicht zur Vernunft." Vor Aufregung war sie ganz blass.

„Du weißt, dass Sabotage im Spiel war", sagte ich, „und dass Nikolai Iwanowitsch als einer der Hauptsaboteure verurteilt worden ist."

„Ja", sagte sie, „ich weiß. Aber was, wenn man ihn umerzieht? Wenn man ihn in ein Arbeitslager schickt, wo er seine Gesinnung ändern und seine Kenntnisse für die Entwicklung der sowjetischen Landwirtschaft einsetzen kann?"

„Soll das etwa heißen, du hast kein Vertrauen mehr in die Methoden des Genossen Lyssenko?"

Mila nahm den Zopf, der wie eine Krone um ihren Kopf gelegt war, herunter, flocht ihn auf, flocht ihn erneut und legte ihn wieder um den Kopf.

„Wir sollen nun überall Weizen anbauen, vor allem dort, wo noch nie zuvor Weizen gewachsen ist." Beinahe flüsterte sie. „Man sagt uns, der neue Weizen würde mit den neuen Methoden nun überall wachsen. Und wenn nicht, würde er sich in Roggen umwandeln!"

„In Roggen?"

„Man sagt jetzt, dass Weizen sich unter besonders harten Umweltbedingungen in Roggen umwandelt."

„Dann wird es wohl so sein", erwiderte ich. Ich nahm Milas Kinn zwischen Daumen und Zeigefinger, hob es leicht an und sah ihr fest in die Augen.

„Mila, Ljudotschka", sagte ich, „alles, was du soeben gesagt hast, ist nie gesagt worden und wird nie wieder gesagt werden. Du weißt, dass du dafür ins Gefängnis gehen kannst."

Ihre schönen, hohen Wangen wurden glühend rot und ihre Augenlider senkten sich, als ob sie in der Röte verschwinden wollten. Das Thema war beendet.

Anfang Juli erfüllte sich Milas Wunsch und Wawilow wurde begnadigt, sein Todesurteil war in zwanzig Jahre Arbeitslager umgewandelt worden. Am selben Tag traf auch Luppols

Begnadigung ein und gemeinsam mit Wawilow durfte er die Todeszelle verlassen. Filatow, der alleine zurückblieb, sah drein, als hätte man ihn ein Stockwerk tiefer in den Keller gestoßen. Wawilow erklärte, er freue sich sehr auf das Arbeitslager, er träumte von frischer Luft und Betätigung in der freien Natur. Natürlich wurde er nicht sogleich dorthin verbracht, denn das war unter den komplizierten Verhältnissen gar nicht möglich. Vorerst kam er in eine der besseren Zellen der „Titanic“, wo er nun auch ein vergittertes Bullauge hatte, aus dem er ins Freie sehen konnte. Er bekam Schreibmaterial, so viel er wollte, durfte Hofspaziergänge machen und alle drei Wochen ein Bad nehmen. Auch flüstern musste er nicht mehr.

Ich sah danach nur mehr selten nach ihm. Mila war schwanger geworden, ich bekam für sie Sonderrationen und sorgte höchstpersönlich dafür, dass sie tüchtig aß. Selbstverständlich erlaubte ich es nicht mehr, dass Lebensmittel verschenkt wurden. Schließlich wollte ich ein gesundes, kräftiges Töchterchen haben, das „Papa! Papa!“ rief, wenn ich nach Hause kam, auf meinen Schoß sprang und die Ärmchen um mich schlang. Mila, die ebenfalls der Ansicht war, dass wir eine Tochter bekommen würden, hatte bereits ein winziges Kattunkleidchen genäht, das sich in meiner Vorstellung von dieser Szene ganz entzückend machte. Es war so hübsch, dass wir es immer offen auf der Kommode liegen hatten, um es ansehen zu können.

Es war bereits Ende Jänner des darauffolgenden Jahres, als ich Nachricht erhielt, Nikolai Iwanowitsch läge auf der Krankenstation und ersuche darum, mich zu sehen. Es war auf den ersten Blick zu erkennen, dass es schlecht um ihn stand, er würde es wohl nicht mehr ins Arbeitslager schaffen. Seine von Natur aus braune Haut hatte eine grünliche Tönung angenommen und spannte sich über die Gesichtsknochen, während sie an den Armen, weiten Ärmeln gleich, faltig herabhing. Er hustete stark und atmete pfeifend, auf seiner Stirn glänzte das Fieber.

„Es ist wohl wieder die Malaria", sagte er entschuldigend. „Das Gefühl ist mir seit vielen Jahren vertraut. Hat man sie sich einmal zugezogen, kommt sie immer wieder." Er begann von meiner Frau zu sprechen und davon, dass er die Erinnerung an ihre Güte („wie eine winzige Insel in einem Ozean der Unmenschlichkeit") mit in sein Grab nehmen würde. Ich wusste, dass er gerne auch mir gedankt hätte, aber auch, dass er wusste, dass das nicht angebracht war.

„Wir erwarten ein Kind", sagte ich etwas hilflos. Ich dachte nicht, dass er die Nacht überleben würde. Wawilow sprach mir seine Glückwünsche aus, hustete ausgiebig, dann begann er an einer ledernen Schnur zu nesteln, die er um seinen Hals gebunden hatte. Er nahm sie ab und zog daran ein ledernes Beutelchen hervor, das er unter seinem Hemd getragen hatte.

„Das trifft sich ja nun ganz ausgezeichnet", sagte er, indem er mir das Beutelchen in die Hand drückte, „denn gerade kleine Kinder leiden sehr oft an Fieber und sind noch zu schwach, um es aus eigener Kraft zu überstehen. Bitte geben Sie dieses Säckchen Ihrer Frau, es enthält einige Samen des Cinchona-Baumes. Sie soll versuchen, sie zum Keimen zu bringen, mit etwas Glück geht einer davon auf. Es wird natürlich einige Zeit dauern, bis die Pflanze groß genug ist, aber dann, wann immer einer von Ihnen Fieber hat – und vor allem natürlich der Kleine –, soll sie ein wenig Rinde abschaben und einen Tee daraus brühen. Diesen drei Mal täglich einnehmen – nicht zu viel davon! Ehrlich gesagt wäre ich überaus glücklich, jetzt einen solchen Tee zu bekommen, er enthält Chinin, das würde mir helfen." Er musste innehalten, um seine erschöpften Lungen zu beruhigen.

An die Samen erinnerte ich mich. Ein junger Biologe, der kurzzeitig Wawilows Zellengenosse und später freigekommen war, hatte sie ihm geschickt. Ich dachte damals, es handle sich um die Samen einer giftigen Pflanze und ließ sie ihm aushändigen, damit er seinem Leben in Würde ein Ende setzen konnte.

„Ich hatte geplant", hustete er nun, „diese Samen ins Arbeitslager mitzunehmen und dort anzupflanzen, um später Kranke behandeln zu können. Aber ich fürchte, dazu wird es nicht mehr kommen." Ich öffnete das Säckchen und schüttelte die Samen auf meine Handfläche. Sie bestanden aus einem bräunlichen, etwa zwei Millimeter langen Kern, der von zwei papierartigen Flügelchen eingeschlossen war. Ich versprach, sie meiner Frau zu überbringen, war aber beinahe sicher, dass ich das nicht tun würde.

„Ich hoffe, Sie sind mir nicht allzu böse, dass ich so dickköpfig war", sagte Nikolai Iwanowitsch. „Schon als Kind war ich so. Einmal, als mich mein Vater verprügeln wollte, drohte ich ihm damit, aus dem Fenster zu springen. Er sah sofort, dass es mir ernst war, und ließ von mir ab." Er lächelte schwach – es erfüllte ihn wohl mit Wehmut, dass seine wiederkehrende Bereitschaft, für irgendetwas zu sterben, nun doch zu seinem Tod führen würde.

Es war das letzte Mal, dass ich Nikolai Iwanowitsch Wawilow sah. Er starb am 26. Januar 1943 um sieben Uhr morgens. Um über die Todesursache Gewissheit zu haben, ließ ich eine Sektion anordnen. Der Befund lautete: Dystrophie infolge prolongierter Mangelernährung.

Wir bekamen ein Mädchen und Mila bekam ihre Cinchona-Samen. Unsere Tochter war gesund, wir waren überglücklich und nannten sie Sonja. Im Frühjahr pflanzte Mila die Samen in kleine Schälchen, die sie ins Fenster stellte. Wie Wawilow es vorhergesagt hatte, begann nur einer von ihnen zu keimen. Mila setzte den Schößling in den Garten und hütete ihn wie ihren Augapfel. Nach drei Jahren war es schließlich so weit, das Bäumchen schien groß genug, um die von Wawilow beschriebene Bestimmung zu erfüllen. Als Sonjetschka Fieber bekam, ging Mila mit einem Messer in den Garten und schabte einen Fingerhut voll von der Rinde ab. Während noch das Wasser kochte, hatte ich einen beunruhigenden Einfall: Was, wenn Wawilow mir *doch* eine Giftpflanze gegeben hatte? Was, wenn mein ursprünglicher Gedanke beim Anblick der Samen richtig gewesen war? Wenn Wawilow, als er erkannt hatte, dass er ohnehin sterben würde, davon abgesehen hatte, die Giftsamen zu schlucken, und sie mir gegeben hatte, um Jammer und Verzweiflung über meine Familie zu bringen? War er nicht ein verurteilter Verbrecher und Saboteur?

Ich wies Ljudmila auf meine Befürchtung hin, erklärte, ich müsse den Tee selbst kosten, bevor sie ihn der Kleinen gab. Erst erklärte sie mich für verrückt, dann bekam sie Angst, schließlich stritten wir uns darum, wer von uns beiden für die Kinder weniger wichtig sei und also den Tee kosten durfte. Zu guter Letzt nahm ich einfach den Becher und stürzte seinen Inhalt hinunter. Er schmeckte scheußlich bitter, jedoch führte er nicht dazu, dass ich auf der Stelle umfiel. Auch nach einigen Stunden ging es mir noch bestens und wir wagten es, Sonjetschka davon zu geben. Am nächsten Morgen war ihr Fieber bereits gefallen, nach ein paar Tagen war sie wieder auf den Beinen. Von da an verwendeten wir immer den Rindentee, wenn einer von uns krank wurde, es sprach sich sogar bei den Nachbarn herum, dass wir einen „Fieberbaum" hatten, und bei Bedarf verkaufte Mila ein wenig von seiner Rinde. Mit der Zeit wurde er so groß, dass er in die Fenster des oberen Stockwerks hineinschaute. Er hatte harte, dunkelgrüne Blätter wie Lorbeer und violette, duftende Blüten wie Flieder.

Etwa zur selben Zeit, als wir zum ersten Mal Rindentee tranken – der Krieg war damals schon vorüber –, wurde bekannt, dass Wawilows Sammlung in Leningrad die Belagerung überlebt hatte. Einige seiner Mitarbeiter waren an ihren Schreibtischen verhungert, ohne auch nur ein einziges Reiskorn anzurühren. Ebenso wurde bekannt, dass die Deutschen eine Raubexpedition ausgerüstet hatten, um der Sammlung habhaft zu werden und sie ins Deutsche Reich zu überführen. Teile der Sammlung, die auf Forschungsstationen in der Ukraine und auf der Krim ausgelagert waren, waren in die Hände dieses SS-Kommandos gefallen und in das SS-Institut für Pflanzengenetik im Schloss Lannach bei Graz in Österreich verschleppt worden. Letztere Nachricht erfüllte Mila mit großem Ärger, erstere mit großem Stolz. So etwas gäbe es nur in Russland, meinte sie: Forscher, die imstande seien, für die Wissenschaft zu verhungern.

Lignum vitae

Sir Isaac Newton hätte beinahe alles zunichte gemacht.

Ich wusste sofort, dass etwas Besonderes eintrat, als vor siebenundneunzig Tagen ein weißgelockter Mann mit drei kindshohen Kisten das Fallreep unseres Schiffes hinaufstieg. Er hatte natürlich eine gepuderte Perücke auf, aber ich spürte, dass er auch darunter weißgelockt war, und später, als er zu mir Vertrauen gefasst hatte und an heißen Tagen in seiner Kajüte die Perücke abnahm, sollte sich diese Ahnung bestätigen. An dem Morgen, als er mit unsicheren Schritten in die Mary Mallory einzog (denn er war kein Seemann, das sah man sofort), schwankend unter dem Gewicht der einen der drei Kisten, die er selbst trug, obwohl er ein halber Gentleman war (auch das sah man sofort), dabei die zwei Träger der anderen beiden Kisten streng dirigierend, sah ich nur einmal kurz auf von dem Tau, das ich zu teeren hatte, so wie man in der Arbeit innehält und zum Schein nach dem Wetter hinsieht, ohne dass ein Oberer Verdacht auf Faulheit schöpfen könnte, sah diesen Fremden und seine zwei Träger und seine drei Kisten, und ich wusste, dass mir bald etwas Großes bevorstand, eine Lebenswendung, ein Schicksal, wie man es in der Langeweile auf See selten erfährt. Von Sir Isaac Newton hatte ich zu diesem Zeitpunkt noch niemals gehört.

Was könnte einem Schiffsjungen, mag man sagen, schon Außergewöhnliches widerfahren, außer dass ihm aus der Takelage etwas auf den Kopf fällt oder ein riesiger Schiefer in die bloßen Füße hineinfährt, außer dass er wahnsinnig wird und sein Mund zu bluten beginnt vor Skorbut, außer dass ihn sein Kapitän an den Füßen aufhängen lässt, wenn zuletzt auch er wahnsinnig geworden ist vom Skorbut. Wenn Mr. Harrison nicht an Bord der Mary Mallory gekommen wäre, seine Perücke abgenommen und zu mir Vertrauen gefasst hätte, hätte ich nie erfahren, dass Sir Isaac Newton schuld ist an den blauroten Flecken und den schmelzenden Gelenken und am Skorbut.

Eigentlich begann alles an einem anderen Tag, der mir unerwarteterweise eine Lebenswendung bescherte, denn ich hatte ja lange genug an Land, mit meiner Mutter in einem kleinen Häuschen in der Nähe der Ortschaft Callington in Cornwall, gelebt. Mein Vater war noch vor meiner Geburt in den Kupferminen umgekommen und meine Mutter hatte gelegentlich durchblicken lassen, dass es vielleicht auch besser so war. Sie betrieb einen Fischhandel, wir hatten Schafe, Gänse und sogar eine Kuh. Ich war immer vom Meer umgeben, denn in ganz Cornwall gibt es kein Fleckchen Erde, über das nicht der Salzwind hinfährt und über dem nicht die Seemöwen kreischen, auch wenn man von unserem Haus aus das Meer noch lange nicht sah. Ich war ein paar Mal bis Plymouth gekommen und hatte dort die ganz großen Schiffe gesehen.

Dann aber, als ich dreizehn Jahre alt geworden war, fuhr meine Mutter mit mir nach London, um eine weltgewandt gewordene Tante zu besuchen und mit ihrer und Gottes Hilfe etwas für meine Zukunft zu tun. An der Beratung im Haus meiner Großtante durfte ich nicht teilnehmen, ich wurde von einem Dienstmädchen, das nicht viel älter war als ich selbst, in die Küche geführt, wo ich ein Glas Milch bekam und die Reste einer Hammelkeule vom Vortag. Die Beratung dauerte lange. Als meine Mutter endlich die Treppe vom Salon wieder herunterkam, hatte sie rotgeweinte Augen und nahm mich bei der Hand. An der Hand führte sie mich durch die lärmdurchrauschten Straßen bis zur Themse, wo wir uns niedersetzten und sie meine Hand weglegte wie einen Vogel, der rechtmäßig ins Moor und in die Heide gehört.

„Deine Großtante meint", sagte meine Mutter, „sie könne, wolle und werde nichts für dich tun."

„Das liegt aber nicht an dir", beeilte sie sich hinzuzufügen, als sie meinen erschrockenen Blick sah, „sondern an mir."

„Ist sie böse auf dich?", riet ich.

„Du kennst doch Harvey Micklefield", sagte sie, „den Wirt des ‚Spotted Arms'." Ich nickte.

„Harvey hat schon lange ein Auge auf mich geworfen. Seit dem Tod deines Vaters hat er mir vier Anträge gemacht." Ich sah Harvey Micklefield deutlich vor mir: Er war fett und watschelte stets breitbeinig daher, weil, wie er sagte, seine Oberschenkel sonst vom Aneinanderscheuern wund würden. In den Händen pflegte er tagein, tagaus dasselbe schmutzstarrende Tuch zu tragen, mit dem er alles in seiner Gastwirtschaft abwischte, seien es die bekleckerten Tische, seien es die sauberen Gläser. An den Flecken auf der Vorderfront seiner Weste konnte man ablesen, mit welchen Speisen und Getränken er hantiert hatte.

„Ich konnte ihn nicht heiraten", sagte meine Mutter, „verstehst du das?" Ich verstand. Bei der Vorstellung, dass Harvey Micklefield, der für seine Übellaunigkeit weithin gefürchtet war, meine hübsche, fröhliche Mutter in seiner Küche herumscheuchte, wurde mir schlecht.

„Deine Großtante aber meint, ich hätte diese Chance ergreifen sollen. Dann würdest du jetzt im ‚Spotted Arms' arbeiten und es eines Tages übernehmen und wärst ein gemachter Mann. Sie sagt, wenn ich so unvernünftig bin und mich nicht überwinde und das naheliegende Richtige tue, dann wird sie bestimmt nicht einspringen und die Suppe auslöffeln, die ich uns selbst eingebrockt habe."

„Mutter", fiel ich ihr ins Wort, „glaub mir, wenn ich im ‚Spotted Arms' arbeiten müsste, wäre ich der unglücklichste Mensch auf der Welt." Sie nahm wieder meine Hand und drückte sie ganz fest und während wir gemeinsam auf den grauen Strom hinausschauten, war ich gewiss, dass sie lächelte.

„Mein Gott", seufzte sie nach einer Weile, „du armer Junge hast keinen Vater."

Gegenüber auf der Themse sah ich ein ganz großes Schiff. Ich wusste, dass es nun an mir lag, mir einen Vater zu suchen, damit meine Mutter in ihrer Schuldbeladenheit und die aufgestürmten Wogen der Verwandtschaftskritik wieder Ruhe fanden, und wo sollte das besser möglich sein als auf einem ganz großen Schiff.

Schon am folgenden Morgen hatte ich auf einem Windjammer angeheuert, ich kehrte nicht mehr nach Cornwall zurück.

Meine Mission als Schiffsjunge war also eine besondere, auch wenn ich nichts durchblicken ließ. Ich musste jemandes Vertrauen gewinnen, damit er mich, beinahe ohne es zu merken, als seinen Jungen annahm. Zunächst versuchte ich es mit den Kapitänen, denn man fängt ja ganz oben an und will ganz weit hinaufsehen, die Kapitäne sahen prächtig aus, hatten geölte Bärte und gewichste Stiefel, zumindest bis drei Tage nach dem Auslaufen und vor dem Landgang in einer bedeutenden Stadt. Der Kapitän hat niemanden über sich außer Gott und den König. Der Kapitän hat eine

Kajüte, in der ein gepolsterter Stuhl steht und in der sogar ein Klavier stehen kann. Der Kapitän rollt Seekarten aus und deutet auf unbegreifliche Linien mit seiner Pfeife, er schreit: „Vorwärts!“, und steht im Sturm salutierend am Bug.

Leider waren meine Kapitäne alle eine Enttäuschung. Der eine soff, der andere ohrfeigte mich, der dritte ohrfeigte und ersäufte mich fast. Schließlich schraubte ich meine Ansprüche zurück und versuchte es mit dem Ersten Maat, dann mit dem Zweiten, bald war mir jeder einfache Matrose recht, der ja immer noch über mir stand. Aber so viel ich auch trank, lachte und mich nützlich machte, eine richtig geheimnisvolle, verkettete, narrensichere Vater-und-Sohnschaft stellte sich nicht einmal annähernd ein.

Mr. Harrison war auf den ersten Blick anders. Mr. Harrison hatte ein Geheimnis, das erkannte man schon an seinen drei Kisten, die eigentlich Kistchen waren und in nichts allen anderen Schiffskisten ähnelten. Sie schienen etwas Kostbares, Zerbrechliches zu beherbergen, vielleicht sogar etwas, das lebte, wilde, empfindliche Geschöpfe wie Elfen oder die einzigen Exemplare eines exotischen Tiers. Mr. Harrison hatte aber noch ein Geheimnis, er hatte Angst. Misstrauisch beäugte er die Männer, legte jedes Wort auf eine Apothekerwaage, als könnte jemand durch eine unbedachte Äußerung sich oder etwas verraten, seine Kajütentür schloss er stets gewissenhaft ab. Wenn er an Deck war, zuckten seine hellblauen Augäpfel nervös in alle Richtungen, nur selten und nach langer Überredung dinierte er mit dem Kapitän. Da wusste ich schon, dass jemand hinter ihm her war und seine Spione ausgesandt hatte, ich musste, um ihn zu retten, den Spionen zuvorkommen und wurde selbst zum Spion.

Mein Vorteil war meine Unbedeutendheit, meine Jugend, die Art, wie ich angeschrien und links liegen gelassen wurde, mein Verschmelzen mit den Planken, meine unauffällige und selbstverständliche Nützlichkeit, weit weniger zuwendungsbedürftig als jede Rah oder Fock: „Mr. Harrison, Sir, kann ich Ihnen etwas bringen?“ „Das Wasser in meinem Eimer ist noch frisch, Mr. Harrison, Sir. Möchten Sie, dass ich den Fußboden in Ihrer Kajüte aufwische?“

Als ich das erste Mal eintreten durfte, sah ich sofort die drei goldenen Monstranzen. Drei goldene Insekten mit jeweils vier Augen, in den Augäpfeln drehten sich lange Wimpern im Kreis. Zarte Beine bewegten sich mit einem unendlich gleichmäßigen, wie ferne Wassertropfen klickenden Geräusch. Mr. Harrison saß davor an seinem Tisch und starrte sie an, dann wieder auf seine Papiere, in den Rillen seiner Stirne glänzte der Schweiß.

„Sie sind wunderschön“, sagte ich, und Mr. Harrison hob erstaunt seinen Blick.

„Ja“, sagte er, „so habe ich das noch gar nicht betrachtet. Was aber viel wichtiger ist, sie könnten euer Leben retten.“

„Unser Leben?“

„Euer Seemannsleben“, sagte er, „das doch ständig in einer Ungewissheit ist.“

„Ja, aber“, sagte ich, „können sie denn Stürme verhindern?“

Von diesem Tag an versuchte Mr. Harrison, mir die Zeit und den Ort zu erklären. Er zeichnete die Erde auf, da war sie aber eine Scheibe, dann knüllte er das Papier zu einem Ball, den er drehte, stieß dabei aber an die Gelenksperre seiner Hand. Er erzählte von einer unsichtbaren Linie, die durch den Londoner Stadtteil Greenwich fuhr und von dort aus rund um den ganzen Globus, eine Linie, von der alles abhing, unsere Entfernung und Leben und Tod. Ich fragte ihn, wieso Gott denn den Nullmeridian ausgerechnet durch den Londoner Stadtteil Greenwich gelegt hatte und nicht etwa durch Callington oder wenigstens Plymouth, und wem er die Gabe geschenkt hatte, dieses unsichtbare Zeichen zu schauen. Mr. Harrison fragte mich seinerseits, woran wir uns denn auf See orientierten.

„Wir orientieren uns gar nicht“, sagte ich, „wir reißen die Augen auf und suchen nach Land.“

„Aber der Kapitän“, beharrte Mr. Harrison, „der muss sich doch orientieren, und der Erste Maat, der ja Steuermann heißt.“

„Die haben ihre Mittel“, sagte ich, „die wissen das schon. Sie sagen: Wir fahren nach Neufundland, oder zu den Kleinen Antillen, oder ins Königreich Samoa. Aber irgendwann reißen wir trotzdem alle unsere Augen auf und suchen oft viele Tage nach Land.“

„Ha!“, rief Mr. Harrison. „Und kommt es nicht umgekehrt vor, dass der Kapitän etwas für offene See hält, was dann tatsächlich Klippen sind?“

„In der Nacht“, räumte ich ein, „bei sehr schlechter Sicht, kann das durchaus passieren.“

„Und das eben“, seufzte Mr. Harrison, „liegt dann daran, dass der Kapitän mit seinem Kompass, dem Sextanten, der Erfahrung und all seinen Karten zwar die geographische Breite, aber die Längendistanz von Greenwich nicht kennt.“

„Die Zeit aber“, sagte Mr. Harrison, „ist das Wichtigste, die Zeitmessung auf See, ohne dass Seegang und Holterdipolter und Heiß-Kalt und Feucht-Trocken das exakte Abtropfen der Sekunden zerstören. Wenn wir die Zeit auf See mit unbeirrbaren Geräten messen können, dann kennen wir auch die Längendistanz.“ Die drei unnahbaren Wesen, die nicht aus Gold waren, wie er sagte, nannte er „Chronometer“.

Ich begann von unsichtbaren Linien zu träumen, die pfeilgerade durch die Weltmeere schnitten, es sei denn, sie wurden losgerissen wie Taue und von hohen Wellen durcheinandergepeitscht. Das ergab dann ein Knäuel, das Gott am nächsten Morgen bei Sonnenschein wieder auflösen musste. Damit die Seeleute sich an ihnen festhalten konnten, mussten die Taue dicht an dicht an den Polkappen liegen, sich nach und nach öffnen, und am Äquator rief Mr. Harrisons heisere Stimme: „900 Meilen entsprechen hier 15 Grad! Ein Grad Länge entspricht genau vier Minuten Erdrotation!"

Zum ersten Mal in meinem Leben träumte ich von Zahlen. Ich konnte, so sehr ich mich anstrengte, Mr. Harrisons Zahlen nicht begreifen, ich verstand, dass vier Schritte vier Schritte waren und meinetwegen ein Fünkchen Zeit beanspruchten, aber wie das mit schnell und langsam zusammenging und warum man nicht einfach Bojen auslegte, um die unsichtbaren Linien zu markieren, enträtselte mir kein noch so verstiegener Traum. Aber ich wusste, dass Mr. Harrison ernst zu nehmen war. Ein Mann, der zu Sonnenaufgang sagen konnte: „Es ist vier Uhr, vierundzwanzig Minuten und fünfzig Sekunden", war ernst zu nehmen. Ein Mann, der deshalb verfolgt wurde, erst recht.

Denn nur mehr der König konnte ihm helfen. Immer wieder sagte er das. Wie es schien, gab es eine Verschwörung. Mächtige Fäden im Hinterhalt. Rädelsführer, Handlanger, Gedungene, Kabalen, Gedeih und Verderb. Ich begann ebenfalls misstrauisch zu werden, jedes Wort auf eine feine Uhrmacherwaage zu legen, wann immer es möglich war, hielt ich Wache vor Mr. Harrisons Kajüte, hatte selbst den Kapitän in Verdacht. Dann den Ersten Maat, dann den Zweiten. Irgendwann gelangte ich zu der Überzeugung, dass Peterson der geheime Spitzel war, der Mr. Harrisons Uhrwerk zerstören sollte. Peterson war so unauffällig, dass es geradezu auffällig war, ein ganz normaler Matrose mit ein paar wohlabgemessenen Schrullen, halbwegs unfreundlich, aber ohne in Raufhändel zu geraten, abergläubisch, aber mit einem dicken, silbernen Kreuz auf der Brust. Eines Nachts, als ich schon in der Koje lag, hatte er Mr. Harrison einen „alten Spinner" genannt. Jemand sagte beiläufig, man habe Mr. Harrison bis dato noch niemals betrunken gesehen, und da entfuhr es Peterson: „Der alte Spinner!“, und das hatte nichts mit Trinken oder Nichttrinken zu tun. Außerdem hatte Peterson Geld, und das war ungewöhnlich unter Matrosen. Er verlor beim Würfelspiel, ohne mit der Wimper zu zucken, trug ein feines Halstuch über der Halskette, an der das Silberkreuz hing, hatte sogar einen eigenen Vorrat an Rum und Süßigkeiten mitgebracht. Einmal hatte er mich eingeladen, ein Stück Weihnachtskuchen mit ihm zu teilen. Er war der Einzige, der mich nicht herumkommandierte. Wenn er etwas brauchte, sagte er „bitte“ und „könntest du“ zu mir, und das war ungewöhnlich unter Matrosen.

Indessen drohte Mr. Harrison einen regelrechten Seekoller zu erleiden. Nicht nur, dass ihm seit Anbeginn der Reise ständig übel war, was durch das Verweilen in der Kajüte, das Drehen an Schräubchen und Starren auf Ziffernblätter auch nicht gerade besser wurde, infolge von Furchtsam- und Wachsamkeit waren auch seine Nerven einigermaßen zerrüttet. Einmal, als er entkräftet in der Koje lag und ich ihm mit einem Konstruktionspapier Kühlung zufächelte, richtete er sich plötzlich auf und schrie: „Ich will Frauen sehen!“

„Jaja“, beruhigte ich ihn, „das sagen alle Männer auf den Meeren, soferne sie nicht mit ihresgleichen zufrieden sind.“

„Ich will Frauen sehen!“, schrie Mr. Harrison ein weiteres Mal.

„Geduld“, sagte ich, „auf Anguilla gibt es ohne Zweifel ein Bordell.“

„Wo denkst du hin!“, schrie Mr. Harrison und sprang aus der Koje. „Ich will einfach nur Frauen sehen, die mit Frauenschritten herumgehen, mit Frauenstimmen sprechen und irgendetwas mit ihren Frauenhänden tun!“ Nun verstand ich und dachte an meine Mutter, die schon seit drei Jahren, acht Monaten und zwölf Tagen ohne mich war.

Da begann Mr. Harrison von Sir Isaac Newton und der Längengradkommission zu erzählen. Es ging um zwanzigtausend Pfund, eine Summe, von der man nach meiner Vorstellung ganz Cornwall aufkaufen konnte und einen Teil von Devon dazu. Diese Summe war als Preisgeld ausgesetzt worden, von der Kommission und Sir Newton zu vergeben, an den, der das Längengradproblem löste. Sir Newton war, wie Mr. Harrison erläuterte, ein berühmter Astronom und selbst an der Lösung des Problems über die Gestirne und an dem Preisgeld interessiert.

„Und ich bin nur ein einfacher Tischler", sagte Mr. Harrison, „man will mich vernichten. Ich habe nicht einmal das Uhrmacherhandwerk gelernt!" Er riss mir das Konstruktionspapier aus der Hand.

„Alles habe ich neu zeichnen müssen!", rief er. „Alles von vorne, alles aus dem Gedächtnis, man hat meine Konstruktionspapiere beschlagnahmt und meine Schiffschronometer abholen lassen, und dann *stolperten* Sir Isaac Newtons Träger, *stolperten*, ha! Sie ließen meine Chronometer fallen, ich war nicht dabei, nur einen Brief schickte man mir: irreversibel zerstört, Begutachtung unmöglich. Fünf Jahre hatten sie sich damit wieder gekauft. Fünf Jahre, bis ich den nächsten Chronometer gebaut hatte, fünf Jahre, die sie auf die Berechnung der Jupitermonde verwandten, alles soll nur nach den Jupitermonden gehen, weil sie die Uhr nicht sehen wollen, die vor ihren Nasen so eindeutig tickt!"

„Fünfunddreißig Jahre", flüsterte Mr. Harrison und sank über seinen Papieren zusammen, „fünfunddreißig Jahre schon habe ich versucht, den Skorbut zu verhindern, nur meinen Söhnen kann ich noch trauen."

Als er sich wieder etwas erholt hatte, ließ er mich in einen der Chronometer hineinschauen.

„Lignum vitae", sagte er, „ein Holz, das Fette ausscheidet, über Jahrzehnte hinweg. Diese Rädchen schmieren sich von selbst, und es gibt keine Abweichungen durch von außen aufgetragene Öle, die mit der Zeit verkleben."

„Messing und Stahl", sagte er und deutete auf silberne und goldene Stäbe, „das eine dehnt sich aus, das andere zieht sich zusammen. Hitze und Kälte, das gleicht sich aus, siehst du? Mit dieser Konstruktion verhindere ich, dass sich die Länge des Pendels bei Temperaturschwankungen verändert."

Nachdenklich trottete ich zu meinen Pflichten. Die neugewonnene Erkenntnis, dass Mr. Harrison bereits Söhne hatte, nagte an mir. Und dann, fettes Holz, Metalle, die wuchsen und schrumpften wie Äpfel, vielleicht war Mr. Harrison doch wahnsinnig. Vielleicht war Sir Isaac Newton, der mit den Himmelskörpern Umgang hatte, mit einer hochherrschaftlichen Kommission und zwanzigtausend Pfund Preisgeld, der seltene Formeln und seltsame Sterne kannte wie unsereins Kakerlaken, vielleicht war Sir Isaac Newton, dem selbst Mr. Harrison ein freundliches Lächeln bescheinigte, doch der gute und vernünftige Pol. Ich schwankte. Nur eines stand fest: Wenn wir nicht immer wieder viele Tage lang die Augen aufreißen und nach Land suchen müssten, hätten wir viel weniger Zähne in den Händen und viel weniger Blut im Mund. Es musste also das Land mit anderen Mitteln gefunden werden als mit dem Augenaufreißen.

In dieser Nacht schlich ich mich an Deck und suchte nach Sternen. Doch über uns schwebte ein weiteres Meer, das genauso finster war wie das andere, dicke, reglose Wolken, nur darunter wirbelte Wind. Ich konnte kein einziges Flimmern erkennen, auch keinen Jupiter oder Jupitermond, wenn ich gewusst hätte, wie die aussehen. Plötzlich stand Peterson neben mir und tat ganz selbstverständlich: „Na?"

Da er mich nicht rügte, bewegte ich mich nicht vom Fleck. Er lehnte beide Ellbogen an die Reling und schaute ins Dunkel wie ein vornehmer Passagier, der die Seeluft genießt. Einer plötzlichen Eingebung folgend fragte ich ihn: „Peterson. Woher weiß unser Kapitän, wo wir uns befinden?"

„Ganz einfach", lachte Peterson, „er benützt seinen Sextanten."

„Jaja", sagte ich ungeduldig, „das betrifft Nord-Süd, was aber ist mit Ost-West?" Ich konnte nicht sehen, ob er über meine Navigationskenntnisse überrascht war.

„Für Ost-West", sagte Peterson, „lässt er das Knotenbrett auswerfen und die Knoten zählen. So erhält er die Geschwindigkeit, und aus dieser berechnet er die Entfernung von London."

Ich hakte nach: „Denkst du, dass man die Entfernung auch mit einer Uhr messen könnte?"

„Blödsinn", lachte Peterson, „eine Uhr misst die Zeit. Die Zeit, und du weißt ja: Die Uhren gehen schneller, wenn man an Land ist, und an Bord eines Schiffes bleiben sie stehen."

Ich beschloss, alle Versuche, mir durch eigenes Verständnis ein Bild zu machen, aufzugeben. Mein Gefühl sagte mir, dass ich zu Unrecht geschwankt hatte. Dass ein Tischler, der sich selbst das Uhrmacherhandwerk beigebracht hatte, die besten Voraussetzungen trug, Gottes Werkzeug zu sein. Immerhin war ich selbst jemand, den man für unbedeutend hielt, und doch drehten sich in meinem Kopf die merkwürdigsten Räder. Nur eine Frage hatte ich noch und ich stellte sie Mr. Harrison, als ich ihm seinen Tee brachte: „Was genau, Mr. Harrison, Sir, ist der Zweck Ihres Aufenthalts hier an Bord?"

„Ich teste die Chronometer", erwiderte Mr. Harrison, ein wenig verwundert, dass ich darauf noch nicht gekommen war. „Ohne Wissen der Kommission. Erst muss ich selbst sicher sein, dass sie funktionieren, dann trete ich aufrecht in den Kampf. Es ist aber wahrscheinlich, dass Sir Isaac Newton mich beobachten hat lassen. Darum ließ ich die

Chronometer von meinen Söhnen an Bord tragen, keinem anderen wäre zu trauen gewesen. Es könnte jemand angeheuert worden sein, um Sabotage zu üben. Wenn ich nur Geld hätte, würde ich mir eine Leibwache kaufen."

Da erwähnte ich meinen Verdacht gegen Peterson.

„Peterson", murmelte Mr. Harrison und bewegte seinen Kopf erst schüttelnd, dann nickend, dann schüttelnd.

„Als ich einmal an Deck war", sagte er, „– das muss so am dritten Tag nach dem Auslaufen gewesen sein –, hatte ich mit ihm einen Zusammenstoß. Ich wollte über ein paar Taurollen klettern, und da fasste mich Peterson plötzlich von hinten am Arm. Um mir zu helfen, wie ich begriff, nachdem ich ihn so heftig weggestoßen hatte, dass er beinahe stürzte. Es war ein Missverständnis. Ich entschuldigte mich. Er grüßt mich immer sehr höflich. Peterson? Ich weiß nicht. Jeder könnte es sein."

Etwas später traf ich Peterson wieder an der Reling an, wo er das sonnenbeglitzerte Meer müßig betrachtete. Er winkte mich zu sich und forderte mich auf, in die Weite zu blicken.

„Was siehst du?"

„Das Meer", sagte ich, „den Himmel."

„Und welches Gefühl weckt das in dir?"

Ich überlegte: „Freiheit. Es ist ein Gefühl der Freiheit."

„Siehst du!", rief Peterson und deutete mit dem Finger auf mich, als hätte ich genau das Richtige gesagt. „Und dennoch ist es eine Tatsache, dass man auf offenem Meer wie ein Gefangener lebt." Ich musste an Mr. Harrison und seinen Koller denken, schüttelte aber trotzig den Kopf.

„Auf einer Brigg wie der Mary Mallory", führte Peterson aus, „kannst du zwanzig Schritte in die eine Richtung gehen" – er deutete Richtung Heck – „und fünfzehn in die andere" – er deutete auf den Bug –, „du kannst in die Wanten klettern oder ein paar Treppen hinuntersteigen. Das ist dein ganzer Bewegungsraum. Von Freiheit keine Spur."

„Das offene Meer gehört allen", sagte ich, „es gibt auf ihm keine Landesgrenzen! Man kann es nicht erobern wie eine Kolonie! Es ist der freieste Ort auf der Welt." Kopfschüttelnd machte ich mich davon. Peterson, das war mir nun endgültig klar, hatte nichts von einem normalen Matrosen an sich.

Ich musste die Sache selbst in die Hand nehmen. Auch ein großer Feldherr wie Mr. Harrison war bisweilen blind und brauchte einen unsichtbaren Helfer, der im Verborgenen wirkte. Es ging um den Längengrad. Es ging um die Klippen im Nebel. Es ging um zwanzigtausend Pfund, die Mr. Harrison zustanden, und es ging um mein Leben, das nicht an den Scilly-Inseln zerschellen sollte. Kein Zweifel: Peterson musste der Spion sein, der von Sir Isaac Newton ausgeschickt worden war, um Mr. Harrisons Chronometer zu zerstören. Was also war zu tun? Mord? Abwechselnd sah ich vor meinem geistigen Auge Petersons silbernes Kreuz und das Gesicht meiner Mutter.

Dann aber griff mir der Zufall unter die Arme, und durch einen kleinen, beiläufigen Satz hatte ich Sir Isaac Newton einen Strich durch die Rechnung gemacht.

Mr. Harrison war der Erste, der auf Anguilla von Bord ging: Er wollte durch Sternenberechnung die exakte Ortszeit ermitteln, um sie mit seinen Chronometern zu vergleichen. Fünfunddreißig Jahre hatte er investiert, aber nun interessierten ihn nur die Sekunden.

Ich verbrachte mehrere Tage mit Essen und vergaß darüber beinahe die Uhren, Mr. Harrison und die Längengradkommission. So war es auf jedem Landgang, essen, essen, nur selten kaufte ich von meiner geringen Heuer ein kleines Andenken für meine Mutter. Die Karibischen Inseln schätzte ich ob ihres Angebots an verlockenden Früchten, gelbe, rote, grüne Früchte, deren Namen ich nicht kannte, deren Geschmack mich an nichts Vertrautes erinnerte. Aber auch Bohnen, Reis und Schweinerippchen, Suppen,

Eintöpfe, gebratene Hühner, alles verzückte mich, ich war wie betrunken, doch den hochgeschätzten Rum der Inseln rührte ich nicht an.

Am Abend vor dem Ablegen, als ich mir noch einmal so richtig den Bauch vollgeschlagen hatte, schwankte mir auf der staubigen Mole Peterson entgegen. Er machte mehrere vergebliche Versuche, mir auf die Schulter zu klopfen; als er sie endlich zu fassen bekam, hielt er sich daran fest.

„Mein Junge", sagte er mit schwerer Zunge. Ließ mich los zu einer weit ausholenden Geste, taumelte, stand auf Zehenspitzen an der äußersten Molenkante, so dass er ins Wasser zu stürzen drohte, ruderte mit den Armen und hatte sein Gleichgewicht wieder erreicht. Dann, mit dem Kinn auf die Mary Mallory deutend: „Wann legen wir morgen ab? Habs vergessen. Zu viel Rum. Ist es heute oder morgen? Wir legen doch morgen ab?"

„Zu Mittag", sagte ich wie aus der Pistole geschossen. Und noch einmal, ihm fest in die Augen schauend: „Morgen Mittag legen wir ab."

Als wir am nächsten Morgen bei Sonnenaufgang ablegen wollten, war Peterson nicht an Bord. Der Kapitän befahl, eine Weile zu warten, dann zog er sich mit seinen Offizieren zurück, um zu beraten, ob Peterson unbedingt gebraucht wurde. Offenbar wurde er es nicht. Wir legten ab. Anguilla wurde kleiner und kleiner, Peterson ferner und ferner. Zur richtigen Zeit am falschen Ort, dachte ich, oder zur falschen Zeit am richtigen Ort.

Mr. Harrison war wie verwandelt, spazierte an Deck auf und ab, wechselte freundliche Worte mit jedermann.

„Fünf Sekunden Abweichung!", rief er, als er mich sah: „Fünf Sekunden in achtundachtzig Tagen!" Das wäre der Moment gewesen, in dem Peterson zugeschlagen hätte. Erst, wenn es notwendig gewesen wäre, wenn die Brauchbarkeit der Chronometer festgestellt war. Und Mr. Harrison alle Vorsicht über Bord gehen ließ.

Ich belastete Mr. Harrison nicht mit meinem Geheimnis, er hatte der Geheimnisse genug. Er läuft herum mit roten Bäckchen, er wird der Kommission entgegentreten, er wird in einem roten Wams zum König gehen.

Und Sir Isaac Newton hat diesmal nicht Geschichte gemacht.

Friendly Fire

Dass etwas nicht stimmte mit und zwischen ihren Eltern, war Elsa Mordock schon seit Langem klar. Mit zehn Jahren fühlte sie durch den äußeren Schein der Familie hindurch, wo hinter den Potemkinschen Fassaden Staub wehte und Gefüge zerfiel. Manchmal glaubte sie, die Geheimpolizei würde Maria und Rupert zu diesem Familienspiel zwingen, und sie wäre nur irgendein Waisenkind, das man diesen einander Fremden als Nachwuchs zugeteilt hatte.

Mit Ruperts wochen- und monatelangen Abwesenheiten war sie aufgewachsen wie all die anderen Kinder in den wechselnden Marinestützpunkten auch, wo die Väter ferne, blauuniformierte Heldenfiguren waren, mit denen man auch am Geburtstag oder zu Weihnachten nicht rechnen durfte. Doch neuerdings schienen sich jedes Mal, wenn er nach Hause kam – sofern man die Fertigteilhäuschen der Angehörigen im militärischen Komplex von Kaddar Saht als Zuhause bezeichnen konnte – die Verbitterungsfalten an Marias Nasenwurzel wieder etwas tiefer einzugraben. Um an ihrer Mutter keinen Verrat zu üben, war Elsa bemüht, ihre Freude über Ruperts Urlaube nicht durch kindliches An-den-Hals-Springen und Bauch-Umklammern allzu offen an den Tag zu legen, und in letzter Zeit hatte sie der Einfachheit halber sogar versucht, gleich gar keine Freude zu empfinden. Geduldig wartete sie auf der Veranda, bis Kapitän Mordock die Stufen hinaufgestiegen kam, sich zu ihr hinunterbeugte und sie ungeschickt auf den blonden Scheitel küsste. Dabei wusste sie, dass in der Kühle des klimatisierten Hauses auch ihre Mutter wartete, sie beide vielleicht durch ein Fenster beobachtete, auf die Wiederaufnahme ihrer unterbrochenen Ehe wartete und auf die verlässlich eintretende Enttäuschung darüber, einen Frosch in Gestalt eines Prinzen geheiratet zu haben.

Am frühen Morgen des 3. Juli lag Elsa Mordock wach in ihrem Bett in Kaddar Saht, das dünne Leintuch um den Hals gestrampelt, und lauschte dem Brummen der Klimaanlage. Der Wecker zeigte 6:24 Uhr an und würde in sechs Minuten klingeln. Für den Fall, dass sie innerhalb dieser Zeitspanne ins Trödeln und Träumen geriet, ließ sie ihn eingeschaltet. Da sie am Vorabend vergessen hatte, die Jalousien hinunterzulassen, schien grelles Sonnenlicht durch das Fenster. Sie stand auf und schaute hinaus auf die asphaltierte Straße, die zwei Mal am Tag mit einem Reinigungsfahrzeug abgespritzt wurde, und auf der trotzdem immer eine dünne Schicht rötlichen Wüstenstaubs lag. Nur an diesem Staub und an der übermächtigen Sonne erkannte Elsa eigentlich, in einem fremden Land zu sein, denn sonst unterschied sich das Leben auf dem Stützpunkt nicht wesentlich von dem auf den Stützpunkten zu Hause. Die kleine Schule, die gepflegten Sportplätze, die Wohltätigkeitsbazare und Kaffeekränzchen der gelangweilten Mütter, das Essen, die Sprache, die allgegenwärtigen Soldaten, alles war wie daheim. Nur die Vorgärten wollten trotz der intensiven

Bewässerung nicht so richtig grünen, und bei Sturm prasselten Sandfahnen über das Haus.

Vor über zwei Wochen war Kapitän Mordock zuletzt nach Hause gekommen, und Elsa war stolz gewesen, von ihm ins Kino zu einem Erwachsenenfilm mitgenommen zu werden. Sie hatte sich für den Anlass ihr elegantestes Kleid angezogen. Von dem alten Kriegsfilm hatte sie nicht viel mitbekommen, aber sie genoss es, das einzige Kind im Kino zu sein. Wie immer genoss sie es auch, wenn andere Soldaten erst vor ihrem Vater salutierten und dann, mit einem Lächeln, vor ihr. Sie mochte das Militär, es pflegte stilvolle Umgangsformen. Als sie wieder nach Hause kamen und sie ihre Mutter alleine vor dem Fernseher sitzen sah, tat es ihr leid, sich so gut amüsiert zu haben.

Elsa hörte ihre Eltern nie streiten, nicht so, wie man es in den Filmen sah. Es wurde nicht gebrüllt, es wurden keine Türen zugeknallt, keine Teller geworfen, keine Fotos zerschnitten, keine Ohrfeigen verteilt. Sie hatten einander nach den langen Trennungsperioden nur erstaunlich wenig zu sagen, erstaunlich wenig Bedürfnis nach Zweisamkeit, und die Mutter begab sich erst dann zu Bett, wenn das Schnarchen des Vaters verriet, dass er schlief. So im Unklaren gelassen über die wahre Beschaffenheit des Verhältnisses, entwickelte Elsa ein feines Gehör, feine Sinne und eine leicht erregbare Fantasie, die sich Szenarien ausmalte wie das mit der Geheimpolizei. Was bedeutete es, wenn der Kapitän seiner Frau ruhig und sachlich erklärte: „Aber du hast doch ein schönes Leben hier“, und diese ebenso ruhig und sachlich antwortete: „Ich hasse mein Leben, sei dir dessen bewusst.“? Wie groß war Elsas Mitschuld an diesen Dingen, und worin lag ihre Verantwortung?

An diesem 3. Juli standen neben Elsas Bett zwei gepackte Koffer und eine mit Büchern vollgestopfte Sporttasche. Die Mutter hatte gesagt, sie solle nur ihre Lieblingsbücher mitnehmen, für alle sei kein Platz. Wohin sie fliegen wollten, hatte sie nicht gesagt, auch nicht, wie lange sie fortbleiben würden. Die unhandliche gerahmte Fotografie von dem schönen Landhaus ihrer Eltern hatte die Mutter auch eingepackt, das war ein schlechtes Zeichen, das war Elsa nicht entgangen. Dieses Stück hatte sie um die halbe Welt geschleppt, hatte es nirgends zurückgelassen, wohin sie nicht auch wiederzukehren gedachte.

An Bord des Robotschiffes „B.F.S. Anubis" hatte der Tag längst begonnen. Massig wie eine Bienenkönigin lag es in der Morgenstille des Golfs von Ashun, die graue Panzerhaut dem bleifarbenen Wasser angepasst, und dem trägen Geräkel von Fühlern gleich drehten sich seine Antennen und Radare. Zwei Stunden nach Sonnenaufgang lag die Lufttemperatur bereits bei vierzig Grad Celsius. Die Sonne brannte auf den metallenen Körper des Schiffes (dessen Oberfläche sich auf mehr als das Doppelte aufheizte, so dass man Eier darauf braten hätte können) und versilberte die breite Schaumrinne hinter dem Heck. Es war kein Land in Sicht, aber der Atem der nahen Wüste malte teils ockerfarbene, teils rötliche Schleier aus feinkörnigem Sand in die trockene Luft. Zwei Stunden nach Sonnenaufgang war die Klimaanlage im Bauch der „Anubis" bereits an ihre Grenzen gelangt. Das Panzerschiff war für die Nordmeere gebaut worden, für Kriege in Schneestürmen und Eis, aber der Krieg hatte sich anders entschieden und köchelte in den Wüsteneien um den Golf von Ashun.

Im Badezimmer der Kapitänskajüte stand Rupert Mordock vor dem kreisrunden Vergrößerungsspiegel und rasierte sich, auf Grund seiner Kurzsichtigkeit so nah zu seinem Spiegelbild hingeneigt, dass es sich immer wieder mit Atem beschlug. Er hatte schlecht geschlafen, gequält von der relativen Ereignislosigkeit und frustrierten Kampfanspannung an seinem Posten im Golf, und irgendwo auch von der nagenden Stimme seiner Frau: „Ich hasse mein Leben, sei dir dessen bewusst." Zwar gab es offiziell keinen Feind, denn der Bund Freier Staaten war nicht Partei in diesem Krieg zwischen Narok und Karon, sondern beobachtete ihn nur, aber man hielt sich bereit für den Fall, dass es notwendig werden sollte, doch Partei zu werden. Dann würde man eingreifen auf Seiten der einen oder der anderen oder gegen alle beide, je nachdem, wie es die Politik befahl. Vorläufig verfolgte man unklare Scharmützel, vernahm aus dem Nichts Detonationen und Schüsse, ortete Wasser- und Luftfahrzeuge, die nicht eindeutig zugeordnet werden konnten. Dazu kam das ständige Risiko, in eine Kampfhandlung hineingezogen zu werden. Die „Anubis" war immerhin das teuerste Schiff der Welt, man würde sie entsprechend verteidigen, falls es in diesem Chaos zu Missverständnissen kam.

Er klopfte sich Rasierwasser auf den Hals und setzte die Brille auf. Es war nicht so, dass er für Maria kein Verständnis gehabt hätte, wenngleich es doch etwas übertrieben schien, dass sie mit Wörtern wie „hassen" um sich warf. Natürlich hatten sie sich beide alles anders vorgestellt und natürlich war einiges schiefgegangen. Die Sache mit dem Nachwuchs, zum Beispiel. Sie hatten sich eine große Familie gewünscht, drei, vier, fünf Kinder oder auch zwanzig, wenn es dazu kommen sollte. Aber dann musste Maria während der gesamten Schwangerschaft mit Elsa im Bett liegen. Die vier Fehlgeburten in den darauffolgenden Jahren hatten Maria Stück für Stück verändert, fast schien es, als könnte sie sich an Elsa gar nicht freuen, so sehr fehlten ihr die verlorenen Kinder. Und dann das endgültige Aus.

Er knöpfte sich das Hemd zu und kehrte in die betont schlicht gehaltene Kapitänskajüte zurück: Auf einem Kriegsschiff gab es wenig Platz und keinerlei Veranlassung zu protzen. Sein Blick fiel auf die Fotografie seiner Frau, die inmitten einer kargen Sammlung von persönlichen Gegenständen auf einem Regal stand, um auf dem schmalen Schreibtisch nicht zu stören. Es war das Übliche: Je länger man zusammenlebte, desto fremder wurde man einander. Wahrscheinlich gab es sogar irgendein paradoxes physikalisches Gesetz dafür, so wie man sich im gekrümmten Raum von etwas entfernen kann, auf das man sich zubewegt. Es wäre ehrlicher gewesen, das Bild in eine Lade zu legen, aber das hätte vielleicht die Offiziere oder sogar die Putzbrigade zu Klatsch angeregt. Das kleinere Bild seiner Tochter würde für immer bleiben. In den silbernen Rahmen war „Elsa" eingraviert – sie hatte es ihm einmal zu Weihnachten geschickt, als er zu Gunsten eines Kameraden den Feiertagsdienst übernommen hatte.

Das Telefon klingelte. Kapitän Mordock hob ab: „Ja?"

„Guten Morgen, Kapitän." Es war Leutnant Ajgi, er klang nervös. „Vielleicht ist es besser, wenn Sie sofort herunterkommen. Die ‚Kassandra' ist in Schwierigkeiten."

Ohne ein weiteres Wort legte Kapitän Mordock auf und griff nach seiner dunkelblauen Schirmmütze. „B.F.S. Anubis" war mit Goldfaden daraufgestickt und auf den Schirm zwei Lorbeerzweige. Er öffnete die Spindtür, an deren Innenseite ein langer, schmaler Spiegel angebracht war. Die Mütze musste exakt mittig aufgesetzt werden, mit identischen Abständen vom oberen Rand der Ohrmuscheln. Nachdem er sie korrekt ausgerichtet hatte, nahm er die Mütze wieder ab und ging ins Bad, um sich mit einem Handtuch den Schweiß von Gesicht und Nacken zu reiben. Die U-Boot-Besatzung in dem alten Kriegsfilm, den er vor zwei Wochen mit seiner Tochter gesehen hatte, hatte in Unterhemden gearbeitet, aber das waren andere Zeiten gewesen. Zurück vor dem Spindspiegel setzte er die Mütze wieder auf, schob das Hemd in den Hosenbund und richtete die Gürtelschnalle aus. Als müsste er noch etwas in Ordnung bringen, nahm er die Fotografie seiner Frau und legte sie in den Spind. Das Bild seiner Tochter rückte er an die freigewordene Stelle, in die Mitte des Regals. Als er die Kajüte verließ, sperrte er die Türe hinter sich ab.

Zwei Decks unter Kapitän Mordocks Schlafquartier lag die Gefechtsinformationszentrale der „Anubis", ihr Nervenzentrum, ihr im Bauch verborgenes Gehirn. Von hier war der Anruf des diensthabenden Offiziers gekommen, hier, tief unten im fensterlosen Schiffsrumpf, liefen alle Kommunikationskanäle zusammen. Die sich draußen drehenden Radare lieferten hier die aufgefangenen Signale in Form von Leuchtsymbolen ab, hier saßen vor blauschimmernden Bildschirmen Reihe um Reihe die Spezialisten. Sie lauschten den Informationen aus ihren Ohrknöpfen, und sahen die Informationen auf ihren Schirmen, und jagten selbst mit fliegenden Fingern Informationen durch die Tasten und Knöpfe und Lämpchen des Panels.

Hier dachte, hier entschied, hier kämpfte das Robotschiff. Hier war um 6:33 Uhr der Funkspruch der „Kassandra" eingegangen, einer Fregatte der B.F.S.-Marine, die fünfzig Meilen nordöstlich der „Anubis" im Begriff war, in die Meerenge von Telgev einzufahren. Sie hatte Qasa geladen, jenes kostbare Metall, das die Fahrzeuge und Maschinen antrieb, jenes Metall, von dem alles abhing, die Wirtschaft, die Währung und die Welt, für das Kriege geführt wurden, mit dem man erpresste, manipulierte, bedrohte oder belohnte, je nachdem. Qasa war Waffe und Zahlungsmittel, es machte kleine Wüstenstaaten mächtig und konnte den gesamten Bund Freier Staaten lahmlegen, wenn es am Markt zur Mangelware wurde. Fünfzig Prozent des planetenweit vertriebenen Qasa wurden hier am Golf von Ashun abgebaut, und ausgerechnet hier herrschte ein Krieg, der die tagtäglich durch die Meerenge schlüpfenden Transportschiffe in Teufels Küche brachte.

Dem B.F.S. konnte es gleichgültig sein, dass die einstigen Bruderstaaten Karon und Narok einander nunmehr zu vernichten trachteten, solange das Qasa aus Hairab weiterhin durch den Telgev geschleust werden konnte. Hairab war Karons wichtigster Verbündeter in diesem Krieg, und naturgemäß versuchte Narok zu verhindern, dass die hairabianischen Verräter weiterhin ihren kostbaren Rohstoff exportierten. Eine heikle Situation für Kapitän Mordock, der mit seiner „Anubis“ den Qasa transportierenden Schiffen Schutz und Eskorte bieten sollte, ohne jedoch die narokianischen Militärs allzu sehr zu vergrämen. Schließlich lag ein B.F.S.-Stützpunkt bei Kaddar Saht, mitten in narokianischem Gebiet.

Jedes Mal, wenn Kapitän Mordock die Gefechtsinformationszentrale betrat, empfand er mit Demut das Außerordentliche seiner Macht. Alles gehorchte hier seinem Befehl: Menschen, Geräte, Waffen, das ganze gewaltige Schiff. Die Computerspiele seiner Jugend waren an die Realität sehr nah herangekommen, er hatte sich also von Kind an auf seinen Beruf vorbereiten können. Treffsicherheit. Strategisches Geschick. Schnell und unter Stress Entscheidungen treffen. Abwägen: Vermeiden oder In-Kauf-Nehmen von Verlusten. Später dann hatte er sich in verschiedenen Berufen versucht, auch als Spieleentwickler, war aber in ersteren nicht glücklich und im letzteren nicht erfolgreich gewesen. Erst mit siebenundzwanzig Jahren war er in die Marine eingetreten. Eigentlich war er kein kriegerischer Typ, am Militär hatte ihn nur das Geordnete interessiert. Eine sichere Anstellung, ein sicheres Einkommen, sichere Aufstiegsmöglichkeiten. Regeln, Ränge, saubere Bügelkanten. Wieder Spiele, Manöverübungen in Simulationskontrollräumen an Land, es hatte ewig gedauert, bis man sie auf richtigen Schiffen an die richtigen Schaltknöpfe ließ. All seine früh erworbenen und jahrelang verfeinerten Fähigkeiten konnte er nun endlich in ernstzunehmender Situation anwenden, und es stellte sich heraus, dass er besser aufspürte, jagte und traf als die meisten, und bald schon kannte man ihn in den oberen Rängen, und irgendwann gehörte er selbst diesen an. Zweiundzwanzig Jahre nach Beginn seiner Karriere bei der Marine war Rupert Mordock Kommandant des technologischen Prunkstückes der B.F.S.-Flotte geworden. Im Bauch der „Anubis" lag sein Tempel, ein traumhaftes Refugium aus Verdunkelungen und Licht: der eisblaue Bildschirmschimmer, die roten Kontrolllämpchen, die phosphorgrünen Zeichen am Radar.

Leutnant Ajgi, als taktischer Offizier für Bodenkampf für die Verteidigung des Schiffes zuständig, schien noch nervöser als vorhin am Telefon zu sein. Sichtlich erleichtert, nun die Verantwortung abgeben zu können, erstattete er Bericht. Die „Kassandra" hatte einen Notruf abgesetzt. Ein halbes Dutzend narokianischer Kanonenboote war aus ihren versteckten Inselhäfen aufgetaucht und umkreiste die mit Qasa beladene Fregatte. Kapitän Mordock entschied sofort: volle Kraft voraus in Richtung Nordost. Vier gigantische Motoren setzten 80.000 Pferdestärken in Bewegung, und die „Anubis" begann sich rauschend auf ihr neues Ziel zuzupflügen. Der Ruck des Wegstartens, das Knurren im Schiffsunterleib waren in der Gefechtsinformationszentrale deutlich zu spüren. Kein Spiel, keine Simulation.

Um 6:50 Uhr hatte die „Kassandra" bereits dreizehn Kanonenboote in der Meerenge gezählt, kleine, wendige Barkassen, die aus dem Dickicht der uneinsehbaren Insellabyrinthe schwärmten, insektenhafte Belästigung, ständig drohende Stachelparade. Um 7:11 Uhr kam die Meldung, dass man an Bord der „Kassandra" mehrere Explosionen gehört hatte, die aus der Richtung der Kanonenboote gekommen waren. Nun schaltete sich das Flottenoberkommando in Selam, einem B.F.S.-Stützpunkt im Süden des Golfes, in das Geschehen ein, und Kapitän Mordock wurden die Ohrknöpfe gereicht.

Anders als er selbst schien Admiral Mzungo völlig gelassen zu sein. Er beurteilte die Situation vom Land aus, war weit weg vom Geschehen, viel weiter weg noch als die „Anubis". Vielleicht konnte er sich in der Kühle seines klimatisierten Raumes gar nicht vorstellen, wie heiß es hier war.

Die „Anubis" solle einen Aufklärungshubschrauber losschicken, selbst aber ihre Position beibehalten, ordnete Admiral Mzungo an. Die zweite Hälfte des Satzes fiel jedoch sofort aus Kapitän Mordocks Gedächtnis, da er von der ersten begeistert war. Ein Hubschrauber war eine hervorragende Idee, damit sprach man eine deutliche Warnung aus, zeigte Präsenz. Er gab Leutnant Wisp, dem taktischen Offizier für Luftkampf, Befehl, sich umgehend darum zu kümmern.

Um 7:22 Uhr hob der gepanzerte Helikopter vom Deck der „Anubis" ab, um 7:42 Uhr kreiste er über dem Kanonenbootschwarm. Die kleinen Quälgeister schossen nicht. Sie tanzten nur um die „Kassandra" herum, spielten ihr enervierendes Spiel. Als Admiral Mzungo diese Meldung des Piloten über Funk abhörte, war er beruhigt und verließ die Kommandozentrale zu einer Besprechung. Kapitän Mordock dagegen war alles andere als beruhigt: Wenn die narokianischen Kanonenboote sich vom Auftauchen eines B.F.S.-Kampfhubschraubers nicht abschrecken ließen, konnte das bedeuten, dass sie noch mehr im Schilde führten als nur ein wenig Ärger zu verursachen. Er ließ die Sirenen aufheulen und rief alle Mann auf Gefechtsstation.

In Kaddar Saht gab es drei Flughäfen. Der kleinste war ein Militärflughafen mit eigener Einflugschneise auf dem Stützpunkt des B.F.S., der in Narok exterritoriales Gebiet darstellte: für die Narokianer eine stacheldrahtumwucherte Insel des Fremden – vielleicht des Feindes – im eigenen Land. Dieser militärische Komplex lag abseits, an den äußersten Rändern der bewässerbaren Zone, und war durch zwei schroffe, nur von Schlangen und Skorpionen bewohnte Hügel vom eigentlichen, narokianischen Kaddar Saht getrennt. Dort befanden sich ein größerer militärischer und ein kleiner ziviler Flughafen. Die Streitkräfte auf beiden Seiten der Hügel hatten irgendwann die offizielle Kommunikation eingestellt, der einzige Austausch an Information und Desinformation verlief über die Kanäle der Spionage. Überall konnte man in den Medien erfahren, dass die Freundschaft zwischen Narok und dem B.F.S. nach wie vor ungetrübt war, doch hier in Kaddar Saht schielte man aufeinander mit Misstrauen, und mit jedem Angriff auf ein Qasa-Schiff erhöhten sich Spannung und Nervosität. In der Meerenge von Telgev kam es immer wieder zu Scharmützeln, die man vertuschte und verschwieg.

Um 6:50 Uhr saß Elsa frisiert und angekleidet am Küchentisch, den ein mit Kirschen bedrucktes Wachstuch vor Speiseflecken bewahrte, und löffelte mit Widerwillen und großzügig kleckernd ein weiches Ei. Genau wie ihr Vater konnte Elsa Eier nicht ausstehen, schon der Geruch ließ sie würgen, aber Maria, die Rupert diesen Unsinn nie hatte ausreden können, zwang ihre Tochter zum regelmäßigen Eierfrühstück. Heute aber bemerkte Frau Mordock nicht einmal, dass die Hälfte des Eischleims über den Tellerrand floss, sie starrte nur stirnrunzelnd in ihren Kaffee und aß selbst keinen Bissen, wie Elsa vermerkte. Sie trug den bequemen Hosenanzug, den sie immer auf Flugreisen anhatte, und eine Halskette, die nur zu besonderen Anlässen hervorgeholt wurde.

Als das Telefon klingelte, ging die Mutter damit ins Wohnzimmer hinüber. Zunächst konnte Elsa nichts verstehen, da Maria absichtlich leise sprach, doch dann war ein vor Erregung lauter gesprochener Satzabriss zu hören: „... es ist zu gefährlich hier!“ Das musste etwas mit dem Krieg zu tun haben. War auch Rupert in Gefahr? Warum konnten sie nicht auf ihn warten und ihn mitnehmen, was wurde hier nur alles entschieden ohne und über sie?

Elsa starrte auf ihre geöffneten Handflächen, auf denen winzige Schweißperlen auftauchten wie Morgentau, sich in den Lebens- und Herzlinien zu Rinnsalen sammelten. Sie war nun überzeugt, dass Rupert nichts von ihrer Abreise wusste, er war irgendwo weit draußen vor der Küste auf seinem riesigen Schiff, ein Held und ein Retter für andere, und hatte keine Ahnung davon, was in seinem Haus vor sich ging.

Vielleicht aber war auch das wieder ein Trick der Geheimpolizei, die beschlossen hatte, diese künstlich geschaffene Familie aufzulösen, auseinanderzureißen, vielleicht musste sie jetzt in ein Waisenhaus oder wurde einem anderen Paar zugeteilt.

Als Frau Mordock wieder in die Küche zurückgekehrt war und sich auf ihrem Stuhl niedergelassen hatte, umfasste sie die beiden Hände ihrer Tochter und zuckte gleich wieder zurück: Elsa spürte genau, wie sie sich ekelte vor der Feuchtigkeit und dem Schweiß. Der Eindringlichkeit halber wollte die Mutter aber den Körperkontakt nicht ganz aufgeben, griff höher hinauf zu Elsas Handgelenken, legte ihre Daumen auf Elsas Puls, der schnell puckerte wie der einer Maus.

Und klärte sie endlich auf über ihr Ziel, das Landhaus ihrer Eltern, wo es Kühe gab und Regen, und wo die Bäume im Herbst bunt wie Feuer wurden. Elsa liebte das große alte Haus mit dem rauchenden Kamin und der überdachten Holzveranda, an der immer etwas zu reparieren war, und sie liebte es umso mehr, als es nur selten Gelegenheit gab, dorthin auf Besuch zu fahren. Sie liebte auch ihre Großmutter, die zwar nicht kochen, aber Puppenhäuser zimmern konnte, und ihren Großvater, der kochen konnte und Elsa zeigte, wie man sein eigenes Gemüse anbaute. Sie erinnerte sich an Kätzchen und Eichkätzchen, an bunte Steppdecken im Bett und an viele stille Verstecke im Wald. Es war kein schlechter Gedanke, dort für immer zu wohnen, wenn es nur nicht Ruperts Verlust, Ruperts Verlassen bedeutet hätte, denn er konnte seiner Familie nicht folgen, die Familie musste ihm folgen, das war schon immer so gewesen.

Aber was wird dann mit Rupert, wollte sie fragen, wie eine Fischgräte saß diese Frage in ihrem Hals, doch sie hatte Angst, die Mutter könnte das als Verrat missverstehen, also fragte sie nur: „Aber was wird dann mit Pepe?“, und deutete auf den grünen Wellensittich, dessen Käfig neben dem Fenster hing. Pepe saß schläfrig auf seiner Schaukel und schwang kaum merklich hin und her, dabei zwitscherte er leise, mit schräggeneigtem Kopf, in den Spiegel, so, als würde er sich mit sich selbst unterhalten. In diesem Moment klingelte es an der Tür, und die Mutter sagte: „Das wird Frau Ajgi sein. Sie kommt, um Pepe zu holen. Pepe wird von nun an bei ihr zu Hause sein.“

Eine Scheidung kam natürlich nicht in Frage. Wenn er die Scheidung einreichte, würde Maria mit der Kleinen in die Nähe ihrer Eltern ziehen und er würde sie noch seltener sehen als ohnehin schon. Sich selbst um Elsa zu kümmern, schied ebenfalls aus, er konnte sie ja nicht gut auf das Schiff mitnehmen. Also musste man sich arrangieren, etwas ändern, ohne die Grundparameter zu ändern, vielleicht gab es eine Möglichkeit der Trennung ohne Trennung.

Auf dem Bildschirm kreuzten die narokianischen Kanonenboote noch immer vor der „Kassandra“, die die Fahrt so gedrosselt hatte, dass sie fast zu stehen schien. Die kleinen Provokateure fühlten sich sehr sicher, sicher sogar beim Belästigen einer Fregatte, die unter B.F.S.-Flagge fuhr, wohl, weil sie sich in ihren eigenen territorialen Gewässern befanden. Ob sie schon bemerkt hatten, dass die „Anubis“ direkt und mit unmissverständlichem Tempo auf sie zusteuerte? Man wusste nicht, wie weit ihre Radare reichten. Ob sie überhaupt Radare hatten. Noch war man nicht in Sichtweite, aber bald würde irgendeiner an Deck dieser Boote

(Kapitän Mordock hatte plötzlich einen zerlumpten Piraten mit einem ausziehbaren Fernrohr vor Augen) die Silhouette eines Riesenschiffes bemerken, das sich drohend aus der Krümmung des Horizontes schob.

Um 8:38 Uhr ging (nicht gänzlich unerwartet) ein Funkspruch der Küstenwache Sheirats ein, an dessen nördlicher Halbinsel die „Anubis" vorüberpflügte. Man wies darauf hin, dass eine Geschwindigkeit von 30 Knoten als offensives Manöver aufgefasst werden musste, und forderte die „Anubis" zum sofortigen Verlassen der Gewässer Sheirats auf. Aber die „Anubis" war weder zu stoppen noch abzulenken. Ein Fieber hatte sich ausgebreitet in der Gefechtsinformationszentrale, eine Konzentration auf das Wesentliche. Fokussieren, keine halben Sachen machen, das Ziel nicht aus den Augen verlieren, darum ging es nun. Es war nicht mehr zu sagen, ob das Fieber von Leutnant Ajgi ausgegangen war oder von Kapitän Mordock, sicher war nur, dass es sich auf die Offiziere, die Crew, das ganze Schiff übertragen hatte, das nun als Einheit agierte, geschlossen wie eine Ameisennation. Bei irgendeinem rief der Funkspruch Lächeln und Kopfschütteln hervor, Lächeln und Kopfschütteln sprangen über in alle Richtungen, es handelte sich um den Funkspruch eines winzigen Entwicklungslandes, der an ein Schlachtschiff des bedeutendsten Staatenbundes, der größten militärischen Macht auf diesem Planeten, ergangen war.

„Ignorieren", befahl Kapitän Mordock, „wir bleiben auf Kurs."

Als Admiral Mzungo in Selam um 8:40 Uhr in die Kommandozentrale zurückkehrte und die Bildschirme überprüfte, erschrak er über die unerwartete Position des Robotschiffes so nahe vor der Küste Sheirats. Hatte er Mordock nicht befohlen zu bleiben, wo er war, und war das nicht mindestens 40 Meilen weiter südlich gewesen? Seine Stimme war schneidend, als sie in Kapitän Mordocks Ohrknopf durchgeschaltet wurde. Dieser hörte sie mit demselben Gefühl wie jene verrückten Stimmen aus dem All, die man mit speziellen Teleskopen auffangen konnte und von denen manche behaupteten, sie kämen aus Parallelwelten, manche aber auch, es handle sich um die Stimmen der Toten.

Die „Anubis" hätte ihre Position beibehalten sollen? Erstens konnte sich Mordock an einen derartigen Befehl nicht erinnern, und zweitens wäre das ja auch unsinnig gewesen. Den Helikopter, den man vorgeschickt hatte, konnte man schwerlich ohne Unterstützung lassen.

„Wir hatten Kommunikationsprobleme", sagte Mordock.

Der Admiral unterbrach ihn: „Sie kehren auf der Stelle um. Ändern Sie Ihren Kurs Richtung Süden. Die ‚Kassandra' wird Ihnen folgen."

Kapitän Mordock war wie betäubt. Das war schwerster Unfug aus den eigenen Reihen. Dass einen der Gegner – oder der, der es werden wollte – piesackte, lag im Bereich des zu Erwartenden, und man respektierte ihn sogar dafür, aber im Falle des eigenen Vorgesetzten sah die Sache anders aus. So wie er selbst seinen Helikopter unterstützte, so erwartete er sich seinerseits Unterstützung aus Selam. Als er um sich blickte, sah er, dass alle, die mitgehört hatten, stirnrunzelnd den Kopf schüttelten. Da bedurfte es wohl keiner Worte. Wer vor Ort war, hatte auf die Dinge einen anderen Blick. Die Behinderung der „Kassandra" war als gezielte Provokation vonseiten Naroks zu bewerten. Man wollte austesten, wie weit man gehen konnte. Ob man auf die Solidarität Sheirats zählen konnte. Wer überhaupt das Sagen hatte hier im Golf von Ashun.

„Jawohl", sagte Kapitän Mordock. Nachdem er die entsprechenden Befehle weitergegeben hatte und die für die

Wendung nötige Drosselung der Geschwindigkeit im Bauch der „Anubis“ zu spüren war, fing er einen merkwürdigen Blick Leutnant Wisps auf.

„Was gibt es?“, fragte Kapitän Mordock.

„Der Admiral hat den Helikopter vergessen“, sagte Leutnant Wisp, „er hat dem Helikopter keinen Befehl zum Rückzug erteilt.“

„Das heißt also“, überlegte Kapitän Mordock, der den Helikopter ebenfalls vergessen hatte, „wir belassen unseren Aufklärungshubschrauber im Norden, um das weitere Vorgehen der narokianischen Kanonenboote im Auge zu behalten.“

Der stark gefederte Militärjeep fuhr in einer dichten Wolke von Staub das Ödland der Hügel hinauf, und Elsa umklammerte die Sporttasche auf ihren Knien, als würde sie das vor dem Hin- und Herrutschen in den Kurven bewahren. Ihre schwarze Armbanduhr (sie hatte sich die Farbe gewünscht, da sie ihr Erwachsensein bedeutete) zeigte auf 8:10 Uhr. Es war heiß, und auch der Luftzug, der durch das geöffnete Fahrerfenster hereindrang, brachte nur Ausdörrung und Durst.

Von hinten blickte Elsa auf das stoppelig geschorene Haar der beiden Militärs, die sie zum Zivilflughafen im narokianischen Teil Kaddar Sahts bringen sollten. Zurückgezogen hinter Sonnenbrillen und Tarnanzügen saßen sie da, sprachen kaum ein Wort, und ihre Anwesenheit gab Elsa eine vage Ahnung von Abenteuer und Gefahr. Die Sichtblenden an den hinteren Scheiben waren heruntergezogen, vielleicht, um Schatten zu schaffen, vielleicht, um Elsa und ihre Mutter vor unerwünschten Blicken zu schützen. Nur zwischen den breiten Schultern ihrer Begleiter hindurch fing Elsa Szenen einer Mondlandschaft auf, in der alte Haufen von Qasaschlacke zerbröckelten und die Gerippe verlassener Hütten aus Brettern und Wellblech bleichten. Der Jeep schien immer schneller zu werden, aufgewirbelter Schotter prasselte auf die Karosserie.

Es war bestimmt nicht einfach für Maria gewesen, die Genehmigung für diese Fahrt zu erwirken, denn man sah es in solchen Zeiten nicht gerne, wenn Zivilisten die Sicherheit des Stützpunktes verließen, und eine Evakuierung war noch nicht vorgesehen, nicht, solange es keine offizielle Kriegserklärung gab. Aber sie hatte es sich wohl in den Kopf gesetzt, genau dieses eine Flugzeug an genau diesem einen Tag zu erreichen, und sie war nicht die Frau, die sich von einmal getroffenen Entscheidungen abbringen ließ. In regelmäßigen Abständen lächelte die Mutter Elsa zu, doch wenn sie wieder wegschaute, fielen ihre Mundwinkel und sie sah konzentriert aus. Es ging Elsa im Kopf herum, was sie vor dem Einsteigen gesagt hatte: „Hoffen wir, dass wir schnell am Flughafen sind. Und dass es unterwegs zu keinen Zwischenfällen kommt."

Kapitän Mordock ließ sich ein Brillenreinigungstuch reichen und begann seine Brille zu polieren. Im Eifer des Gefechts. Wenn die Anspannung anstieg, berührte er beim Zurechtrücken der Brille häufig ihr Glas, was er erst zu bemerken pflegte, wenn die Anspannung wieder nachließ. Dann gab es verschwommene Flecken im Sichtfeld. Die „Anubis" fuhr also mit nicht provozierender Geschwindigkeit Richtung Süden. Diese Brillentücher trockneten schnell, der Alkohol verflog. Die narokianischen Kanonenboote zogen sich in die entgegengesetzte Richtung zurück. Kapitän Mordock streckte die Hand aus, um ein zweites Brillenreinigungstuch in Empfang zu nehmen. Der Aufklärungshubschrauber würde ihnen noch ein Weilchen folgen, um sicherzugehen, dass sie tatsächlich und endgültig zu ihren Inselverstecken zurückkehrten. Wie ein Hai einen Fischschwarm in eine bestimmte Richtung trieb. Kapitän Mordock setzte die Brille wieder auf. Er konnte alles sehen, was man vom Hubschrauber aus sah. Er saß im Bauch der „Anubis“ und fuhr nach Süden, und gleichzeitig kreiste er über den Kanonenbooten, die immer weiter nach Norden zurückwichen. Da man nun schon einmal aufklärte, konnte man auch detailliertere Informationen sammeln. Kapitän Mordock befahl dem Helikopterpiloten, tiefer zu gehen. Mit wie viel Mann waren die Boote besetzt? Welche Waffen führten sie mit sich an Bord?

Elsa war ein Kind, das schon viele Flughäfen gesehen hatte, und die vertraute Routine des Gepäckeincheckens, der Pass- und Sicherheitskontrollen stärkte ihren angeschlagenen Mut. Hier gab es Regeln, die sie kannte, und der nächste Schritt war vorhersehbar. Auch die vielen Männer in Uniform waren für Elsa nichts Ungewöhnliches: Polizisten, Soldaten, Anti-Terror-Einheiten, deren wachsame Augen durch jeden Winkel des Gebäudes schweiften. Alle trugen sie kugelsichere Westen und Waffen, handliche Pistolen im Holster, langläufige Scharfschützengewehre, schwarze, quer über den Körper getragene Maschinenpistolen.

Überall waren plötzlich Lichtblitze, Meer und Himmel sprühten, war das das Glitzern der Sonne, zurückgeworfen von spiegelndem Metall? Der Pilot zog den Helikopter hoch, während sein Co-Pilot die Panoramascheiben nach der Ursache für die Erscheinung absuchte. Da quollen Rauchwolken auf. Die beiden Männer sahen einander an, konnten aber die Augen des anderen durch die verspiegelten Sonnenbrillen nicht sehen. Geschossknall, Mündungsknall, Platzen, Donnern. Die Geräusche kamen immer nach dem Bild, das Endgeräusch vor dem Ausgangsgeräusch. Fliegerabwehrraketen.

„Stehen unter Beschuss!“, sagte der Pilot in sein Bügelmikrofon, ohne dass er seine eigene Stimme in dem Getöse hören hätte könnnen: „Leiten sofortigen Rückzug ein!“

Das Handgepäck wurde mit dem Förderband durch den Scanner geschickt, anschließend geöffnet und der Inhalt Gegenstand für Gegenstand untersucht. Wie immer begann Elsa sich zu langweilen, als ihre Mutter über alles genaueste Auskunft geben musste und immer nervöser dabei wurde („Auch wenn man nichts Verbotenes dabei hat, fühlt man sich irgendwie schuldig“, hatte sie einmal erklärt). Als endlich alles wieder eingepackt war, mussten sie Hosen- und Jackentaschen entleeren und die Schuhe ausziehen. Dann durften sie in diese lustigen Personenscanner, die sie auf dem Bildschirm splitternackt erscheinen ließen. Anschließend wurden sie mit dem Handdetektor gescannt. Aber auch diese Geräte konnten irren, und so tastete eine Frau Maria ab, während eine zweite mit den Händen an Elsas Körper entlangfühlte: Schultern, Brust, Hüften, Achseln, Arme, Beine, sogar in die Haare fuhr sie. Elsa wusste, dass sie besonders gründlich untersucht wurde, da es immer wieder vorkam, dass Erwachsene die verbotenen Dinge Kindern mitgaben, in der Hoffnung, man würde sie bei diesen am wenigsten vermuten. Das Beste kam zum Schluss: Ein großer Schäferhund wurde an ihnen vorbeigeführt, der sie und das Handgepäck abschnüffelte. Erst, als er mit der Arbeit fertig war, durfte Elsa ihn streicheln.

Kapitän Mordock entschied schnell. Nach geltender Gefechtsordnung durfte er Angreifer verfolgen, ohne zuvor Rücksprache mit dem Flottenkommando gehalten zu haben. Kehrtwende. Volle Kraft voraus. Es handelte sich um einen feindseligen Akt gegen einen Hubschrauber der B.F.S.-Marine. Eine Ohrfeige in ein sehr geduldiges Gesicht. 30 Knoten. Den Hubschrauber nun abzuziehen, hätte bedeutet, sich ein für alle Mal unglaubwürdig zu machen. Offensives Manöver. Ohne Aber, denn Wenn war bereits eingetreten. Nach Norden. Die „Anubis“ sichtbar machen.

„Jetzt sind wir so sicher wie schon lange nicht mehr", sagte die Mutter, nachdem sie die Sicherheitskontrolle verlassen hatten. Sie legte Elsa den Arm um die Schulter und drückte sie, während sie zum Flugsteig gingen, an sich. Durch die verglasten Fronten der Gänge konnte man schon die rastenden Leiber der Flugzeuge sehen. Marias Lächeln war nun anders als im Jeep, gelöster und damit verschwommener, in gewisser Weise echter, aber von traurigen Augen begleitet. Pyrrhussieg, fiel Elsa ein, ihr Vater hatte ihr die Bedeutung des Wortes erklärt: ein Sieg, der einen traurig macht.

Wie Tanzmäuse zappelten die Kanonenboote vor der elefantenhaften Gestalt des Robotschiffes umher. Anstatt jeden der Winzlinge einzeln auf dem Schirm zu lokalisieren, zeigte das verwirrte Radar sie alle zusammen mit nur einem Symbol an, das wie ein Irrlicht auf und ab hüpfte. Dazu konstruiert, hunderte von Raketen, Flugzeugen und Seefahrzeugen von relevanter Größe gleichzeitig aufzuspüren, war das Radar der „Anubis" ein unbestechliches Sinnesorgan in jeder Seeschlacht, die mit modernen Mitteln geführt wurde. Diese Barken aber waren anachronistisch, flüchtig, zu klein. Für einen Moment nahm Kapitän Mordock die Brille ab und strich sich über die zugekniffenen Lider. Als wären es seine Augen, die jetzt versagten.

„Ajgi", sagte er, „fragen Sie nach, was die auf der Brücke sehen." Leutnant Ajgi fragte nach. Auch von der Brücke aus sah man nichts Bestimmtes. Schemen, die gelegentlich durch die Dunstmauer blitzten.

„Trübe Atmosphäre hier draußen", hörte Leutnant Ajgi durch seinen Ohrknopf.

„Trübe Atmosphäre dort draußen", sagte er.

Und die Narokianer, konnten sie die „Anubis" erkennen? Ein solcher Wall, ein solches Hochhaus musste unter allen Umständen zu bemerken sein. Warum suchten sie dann nicht endlich das Weite? Sie befanden sich gerade noch innerhalb der 12-Meilen-Zone vor der eigenen Küste, haarscharf fuhren sie die unsichtbare Schranke entlang, die das Gewässer als das ihre auswies. Fühlten sich sicher. Tänzelten. Spielten. Provozierten. Sammelten sich.

Um 9:39 Uhr meldete die Brücke, dass ein paar der Boote direkten Kurs auf die „Anubis“ zu nehmen schienen. Kapitän Mordock setzte das Flottenoberkommando in Selam davon in Kenntnis, dass er das Feuer eröffnen würde.

„Warten Sie noch ab“, sagte Admiral Mzungo.

Um 9:40 meldete die Brücke, dass man den Eindruck habe, die narokianischen Boote würden an Fahrt gewinnen.

„Wir können nicht länger warten“, sagte Kapitän Mordock, „es wird zu gefährlich.“

„Also gut“, antwortete Admiral Mzungo. „Feuern Sie.“

Um 9:41 Uhr durchschnitt der Bug der „Anubis“ die 12-Meilen-Zone und tauchte in narokianische Gewässer ein. Dann feuerte schon die Bugkanone die erste Salve auf das nächstgelegene Boot.

Auch am Flugsteig waren überall Uniformierte, und Elsa beobachtete, wie die Mutter mit jedem einzelnen Augenkontakt aufnahm, als wollte sie sich versichern, dass er auf der richtigen Seite stand. War dieser dort mit den übersauberen Fingernägeln ein Vertreter der Geheimpolizei, oder der daneben mit dem großen Adamsapfel? Führte die Mutter Befehle aus oder verweigerte sie sie? Falls die Geheimpolizei beschlossen hatte, diese erfundene, vorgetäuschte Familie aufzulösen, hatte sie Rupert Mordock wahrscheinlich bereits ans andere Ende der Welt geschickt. Maria Mordock – oder wie auch immer sie in Wirklichkeit hieß – wollte sich jedoch nicht so leicht fügen, sie hatte Elsa ins Herz geschlossen und durch das lange Mutter-Spielen begonnen, sich auch als Mutter zu fühlen. Also entführte sie das Kind. Sie hatte es geschafft, ohne das Wissen der Geheimpolizei mit Elsa auf den Flughafen zu gelangen. Sie hatten die Sicherheitskontrollen passiert, ohne entdeckt zu werden. Aber die Pässe waren eingescannt worden und irgendwo hatten längst Alarmlämpchen geblitzt. Jederzeit konnte einer der Uniformierten etwas aus seinen Ohrknöpfen hören, das ihn auf sie zutreten ließ und sagen: Agentin Kitsoumo, folgen Sie uns.

Die Mutter riss Elsa aus ihren Gedanken, als sie ihr die vom Handschweiß aufgeweichten Bordkarten aus der Hand nahm. Agentin Kitsoumo, fahren Sie mit dem Mädchen zum Stützpunkt zurück. Die Menschen drängten sich zum Fingerdock, an dessen Eingang eine Stewardess die Bordkarten in einer Maschine verschwinden ließ. Agentin Kitsoumo, diese Bordkarten sind gesperrt. Am Ende des Fingerdocks begann das Flugzeug. Es war gefüllt mit eiskalter Luft und einlullender Musik. Von ihrem Fensterplatz aus konnte Elsa sehen, wie es probeweise die Klappen an seinen Flügeln bewegte. Agentin Kitsoumo, verlassen Sie bitte auf der Stelle das Flugzeug.

Um 9:45 Uhr brummten die Motoren auf, und langsam glitt der silberne Airbus auf die Startbahn hinaus.

Der Planet war ständig von dem Großen Krieg bedroht, der irgendwann einmal stattfinden würde zwischen dem Bund Freier Staaten und der Liga Unabhängiger Nationen, damit rechnete man, dafür plante man, dafür hatte man Kapitän Mordock ausgebildet und die „Anubis" gebaut. Das Fantasma des Großen Krieges, der letzten heroischen Schlachten zwischen den beiden Polen der Welt, zwischen Frei und Unfrei, Böse und Gut, wallte, in den Reden der Politiker immer wieder beschworen, als ein apokalyptisches Gemälde in den Köpfen der Militärs. In der Einsamkeit der Nordmeere würden die gepanzerten Heerscharen aufeinanderprallen, das Schicksal aller Völker zu entscheiden, und siegen würde der überlegene Geist, der sich formte zu überlegener Technologie.

Niemand wusste, ob das Robotschiff „B.F.S. Anubis“ nicht tatsächlich dachte, ob es nicht sehnsüchtig träumte von der ihm versprochenen ruhmreichen Zeit, in der es endlich selbst entscheiden, selbst einen Krieg führen konnte, ohne die lästige Vormundschaft der in seinem Eingeweide krabbelnden Menschen. Eine ganze Flotte von Flugzeugträgern und Schlachtschiffen konnte es anführen und beschützen, jedes Geschoss, jedes Flugzeug im Umkreis von 300 Meilen ausmachen, als Freund oder Feind identifizieren, seine Geschwindigkeit und Richtung bestimmen, und dazu war es mit den intelligentesten Waffen bestückt, die es für Luft-, Land- und Seeziele gab.

Unter Menschenkontrolle jedoch war die Macht der „Anubis“ zersplittert, jede Person in der Gefechtsinformationszentrale befasste sich an ihrer Computerkonsole nur mit einem winzigen Aspekt des Geschehens, und selbst der Kapitän, auf dessen Riesenbildschirm der Datenmonsun zu Seekarten und Symbolen gerann, war im Gegensatz zu seinem Schiff nicht immer über alles informiert. Die eigentlichen Fähigkeiten der „Anubis“ konnten erst dann zum Tragen kommen, wenn Kapitän und Besatzung sich selbst aus- und das automatische Kontrollsystem einschalteten.

Im Golf von Ashun aber gab es keinen Großen Feind und keinen Großen Krieg, keine endlose, besitzerlose, von Inseln und Festländern unbefleckte See, auch keine Höllentore und schwarz abgesteckten Fronten, keine Gelegenheit für punktgenauen Angriff und mathematischen Sieg. Tag für Tag schwitzten die Menschen auf der „Anubis“, und suchten und suchten nach Gesetzmäßigkeiten hinter undurchschaubaren Scharmützeln.

Es war 9:47 Uhr, als Korporal Kapoor auf seinem Bildschirm in der Abteilung für Luftraumüberwachung der Gefechtsinformationszentrale ein phosphorgrünes Echozeichen aufleuchten sah. Das Radar hatte ein Flugzeug geortet, das er schnellstens zu identifizieren hatte. Die Maschine, die in Richtung der „Anubis“ flog, war in Kaddar Saht gestartet, aber von welchem der drei dort befindlichen Flughäfen, musste er erst herausfinden. Handelte es sich um eine Maschine der eigenen Luftwaffe? Kapoor funkte den B.F.S.-Stützpunkt an, doch dort war keine Maschine gestartet. Nun blieben noch die beiden narokianischen Flughäfen, der zivile und der militärische, das ergab eine fünzigprozentige Wahrscheinlichkeit für einen Angriff. Als hätte es seine Gedanken gelesen, versah das Computersystem des Schiffes den Leuchtfleck mit der Bezeichnung „möglicherweise Feind“.

Kapoor nahm ein paar hastige Schlucke aus seiner Wasserflasche. Wenn es sich um eine Militärmaschine handelte, hatte man es wohl mit einem jener ausrangierten, schrottreifen Exemplare zu tun, die der Bund Freier Staaten in freundschaftlicheren Zeiten selbst an Narok verkauft hatte. Die Anti-Schiff-Raketen dagegen wären einwandfrei, die hatte die Liga Unabhängiger Nationen erst vor Kurzem fabriksneu an die Narokianer abgegeben. Ruhig bleiben, Freund-Feind-Erkennung einsetzen. Korporal Kapoor sendete das Abfragesignal, auf das die Transponder der Flugzeuge mit den jeweiligen Erkennungszeichen für „zivil“ oder „militärisch“ reagierten. Binnen Sekunden kam das Antwortsignal: Es war das Zeichen für „Verkehrsflugzeug“.

Kapoor trank die Wasserflasche aus und warf sie in den Papierkorb unter seiner Konsole. Es herrschte wenig Bewegung in der Gefechtsinformationszentrale, nur die Lampen flackerten jedes Mal, wenn die Bugkanone der „Anubis“ eine neuerliche Salve auf die narokianischen Barkassen abfeuerte. Eine kleine Schießerei. Ein harmloses Verkehrsflugzeug. Dennoch, er musste die Gegenprüfung machen, die Technik konnte irren, es war besser sicherzugehen. Aus dem Stapel Papiere neben seinem Bildschirm zog Kapoor die Liste mit den Abflugzeiten sämtlicher Verkehrsflüge hervor. Vier Zeitzonen gab es im Golf von Ashun, das machte die Sache nicht einfacher. Tabellen. Zahlen. Die Lampen flackerten. Wieder und wieder überprüfte er die Liste, bis ihm die Augäpfel brannten, doch er konnte den Flug, den er suchte, nicht finden.

Es war an der Zeit, mit jemandem darüber zu sprechen. Kapoor sah sich um. Die Lampen flackerten. Immerhin bestand eine gewisse Möglichkeit, dass es sich bei dem Leuchtfleck auf seinem Bildschirm um einen narokianischen Jagdbomber handelte, der sich dem Robotschiff näherte, um den Angriff auf die Kanonenboote aus der Luft zu vergelten. Überall konzentrierte Gesichter. Hände, die aus Papiertuchboxen Tücher rissen, um Schweiß abzuwischen. Die Klimaanlage war zu schwach. In dringenden Fällen war es möglich, den Chef der Luftraumüberwachung zu übergehen und sich direkt an den taktischen Offizier für Luftkampf zu wenden. In heiklen Fällen war es besser, nicht durch das Mikrofon zu sprechen, sondern das persönliche Gespräch zu suchen.

Korporal Kapoor erhob sich, durchquerte die Gefechtsinformationszentrale, stieg eine Stufe hinauf zu Leutnant Wisp, der zur Linken Kapitän Mordocks saß und den Beschuss der Kanonenboote verfolgte. Korporal Kapoor beugte sich zu Leutnant Wisps Ohr hinunter und berichtete von dem Leuchtfleck mit der Bezeichnung „möglicherweise Feind."

Leutnant Wisp befahl, eine Warnung zu senden. Er benannte die Frequenz. Eine der Frequenzen, die von allen Flugzeugen, zivilen wie militärischen, routinemäßig abgehört wurden. Er formulierte die Warnung.

„Nicht-identifiziertes Flugzeug ... Sie nähern sich einem Kriegsschiff des Bundes Freier Staaten ... Achtung ... Sie nähern sich ..."

Kapitän Mordock war in den Kampf gegen die narokianischen Schnellbootschemen vertieft. Er hatte die 300-Meilen-Reichweite des Radars auf seinem Bildschirm auf

16 Meilen reduziert, nun war alles gut zu erkennen. Ein zweidimensionales Schlachtfeld. Darauf bewegten sich die ovalen Symbole der Schiffe, das Fadenkreuz, das er mit seinem Hebel präzise verschieben konnte, und die roten Sterne der Geschosse, die ein Druck seines Daumens aus der Bugkanone löste. Linien, Leuchtflecken, Chiffren. Eine minimalistische Skizze, eine gereinigte Repräsentation. Eigentlich hätte Leutnant Ajgi, der zu seiner Rechten saß, als taktischer Gefechtsoffizier für Bodenkampf den Beschuss der Kanonenboote durchführen müssen, aber der junge Mann war zu nervös. Er hatte Probleme mit seiner Feinmotorik, konnte sich wohl auch nicht konzentrieren, so dass Kapitän Mordock ihn nach wenigen Minuten von seiner Aufgabe entbunden hatte. Leider konnte das Gerät – im Gegensatz zu den Computerspielen – keine Treffer anzeigen. Ob eines der Kanonenboote beschädigt war oder sank, musste man von der Brücke aus feststellen. Dort wechselte man sich an den großen Fernrohren ab, riss Feldstecher hoch, um in Rauchwolken und Dunst etwas auszumachen, es wurde gerätselt, gestarrt und gedeutet. Man musste also in gewissem Sinne blindlings drauflosfeuern. Das Nachladen der Bugkanone dauerte, dauerte, dauerte. Um 9:49 Uhr befahl Kapitän Mordock, die „Anubis" hart nach Steuerbord zu wenden, um mit der Kanone am Heck weiterzuschießen.

Es war nicht immer leicht, die unterschiedlichen Kanäle, die jeweils aus dem linken und rechten Ohrknopf schallten, mit dem dazwischen befindlichen Gehirn auseinanderzuhalten. Natürlich war man darauf trainiert, aber manchmal brach etwas in der kopfinternen Verarbeitung zusammen und man hörte nur Lärm. Information, Kommunikation, Kakophonie. In solchen Momenten fixierte Korporal Kapoor seinen Blick auf einen Punkt im Raum, wie er es gelernt hatte, um wieder Ordnung zu schaffen. Er fokussierte dabei gerne auf etwas „Organisches", wie er es nannte, den Nasenrücken der Nebenfrau oder den Pigmentfleck im Nacken des Vordermannes. Er starrte den Pigmentfleck nun schon zum zweiten Mal an. Die Lampen flackerten. Woher die Stimmen kamen, musste man interpretieren, auch das wollte gelernt sein. Elektronikabteilung. Möglicherweise Elektronikabteilung. Dazu die Informationspiraterie, die einsetzte, wenn es, so wie jetzt, spannend wurde: Besatzungsmitglieder, die sich außerhalb der Gefechtsinformationszentrale aufhielten, wollten mithören und zapften mit ihren Handfunkgeräten das Netz an. Nach und nach entzogen sie so den Kanälen den Saft, bis die Lautstärke austrocknete und versiegte. Kurz bevor das Stimmengewimmel vollends unhörbar wurde, rief Leutnant Wisp ein scharfes „Wechseln!" durch den Raum, und alle schalteten um auf die neue Frequenz – so lange, bis die Piraten auch diese ausgesogen hatten. Die Lampen flackerten. Anonyme Meldungen. „Wechseln!" Der Leberfleck. Der Leuchtfleck. Möglicherweise Feind.

Korporal Kapoor sendete das Abfragesignal. „Verkehrsflugzeug." Er sendete die Warnung: „Sie nähern sich einem Kriegsschiff des Bundes Freier Staaten ..." Er suchte in der Liste der Verkehrsflüge. Zahlen. Tabellen. Die Lampen flackerten. Vier Zeitzonen. Abfragesignal. „Verkehrsflugzeug." Näher und näher kam der Leuchtfleck. „Wechseln!" 9:50 Uhr. „Achtung ... Kehren Sie um ... Anderenfalls müssen wir Abwehrmaßnahmen ergreifen ..." Abfragesignal.

Plötzlich erhielt er das Erkennungszeichen einer Militärmaschine. Nun war keine Zeit, Leutnant Wisp von Angesicht zu Angesicht zu informieren. Korporal Kapoor sprach in sein Mikrofon.

Um 9:51 Uhr war das Robotschiff gerade dabei, eine weitere Kreisdrehung zu vollenden, denn die Bugkanone war wieder geladen worden und konnte erneut zum Einsatz gelangen. Elf Salven gab sie frei – dann blockierte sie. Das alles kostete viel zu viel Zeit. Zurück zur Heckkanone. Kapitän Mordock ließ hart nach Steuerbord wenden. Von Tischen und Regalen stürzten Wasserflaschen, Papiertuchboxen und Dokumentenstapel.

„Kapitän", sagte Leutnant Wisp, „dieses Flugzeug ist nur noch 32 Meilen entfernt."

Auf der Landebahn in Kaddar Saht stand eine Militärmaschine, deren Transponder auf ein Abfragesignal reagierte. Der Airbus, der hoch über der Meerenge von Telgev flog, war nicht mehr innerhalb der Reichweite des Signals.

„Nicht-identifiziertes Flugzeug ..." Noch 25 Meilen entfernt. Eigentlich flog die Maschine viel zu hoch, um einen Angriff einzuleiten. Aber das konnte sich schnell ändern. „Sie nähern sich einem Kriegsschiff des Bundes Freier Staaten ..." 20 Meilen. Korporal Kapoor ließ den Leuchtfleck auf seinem Bildschirm nicht aus den Augen, er blinzelte nicht einmal mehr. „Wechseln!" Die Lampen flackerten. Da, die Maschine verlor an Höhe und nahm Geschwindigkeit auf. Korporal Kapoor sprach in sein Mikrofon.

Um 9:53 Uhr presste Elsa Mordock ihre Stirn an das Flugzeugfenster, um nachzuschauen, ob das Meer zu sehen war. Der Himmel ringsherum war grellblau, aber unter ihnen lag eine schmutzigweiße, faserige Dunstdecke. Elsa nippte an ihrem Orangensaft.

Der Pilot, der nicht weit von ihr entfernt in seinem Cockpit saß, meldete nach Kaddar Saht, dass er den ersten Kontrollpunkt über dem Golf von Ashun erreicht hatte. Die vier Frequenzbänder, über die er Funkverkehr empfangen konnte, waren mit dem üblichen Geplauder belegt. Von den Warnungen, die ein Kriegsschiff an ihn sandte, hatte er keine einzige gehört.

Wenn man den Jagdbomber rechtzeitig herunterholen wollte, durfte man ihn nicht näher als 10 Meilen herankommen lassen. Um 9:54 Uhr war er noch 11 Meilen entfernt. Kapitän Mordock griff an die Armaturen über sich und löste die Sicherung der Fliegerabwehrraketen. Dann erteilte er Leutnant Wisp den Befehl zu feuern. Leutnant Wisp drückte die Tasten, es war die falsche Kombination. Er drückte noch einmal. Wieder die falsche Kombination. Das alles kostete viel zu viel Zeit. Kapitän Mordock erhob sich, beugte sich von hinten über ihn und drückte die richtigen Tasten. Einen Moment lang gingen in der Gefechtsinformationszentrale die Lichter aus.

Zwei Raketen rasten durch die Dunstdecke auf den Airbus zu. Die eine riss ihm den linken Flügel ab, die andere zerschmetterte seinen silbernen Rumpf.

Chain Gang

Gemach, gemach, denkt Matilda, meine Tanzlehrerin hat das immer zu mir gesagt, im Zweierkreisen war ich oft um einen Halbschritt voraus. Die Tanzlehrerin wollte eine Einheit sehen, ein funktionierendes Paar, und bei zweien, da gibt es keine Demokratie, da muss eine sich anschmiegen und überlassen, und die kleine Hand in einer größeren ruhen. Demokratie basiert auf Mehrheitsbildung, und wie sollte denn eine Mehrheit gebildet werden eins gegen eins? Bei zweien würde die Demokratie zum Gezerre, sagte die Tanzlehrerin, am Ende müsste man noch für jede Schrittentscheidung einen Mediator engagieren.

Jetzt aber ruht Matildas Handgelenk in einer Handschelle, fast wie ein Armreif sieht sie aus, eine Damenfessel sozusagen, silbrig, schmal und geradezu elegant. Daran rasselt eine schöne solide Kette, fünfzehn Zentimeter lang, und daran die nächste Handschelle, und darin die andere Hand. Die rechte Hand der anderen Frau, die Linkshänderin ist, Silke, immer ein paar Takte hinten, gekettet an die linke Hand Matildas, die Rechtshänderin ist, und das heißt: Glück gehabt. Die Anzahl der Rechtshänderinnen liegt bei fünfundachtzig Prozent, so dass nicht jede eine Linkshänderin bekommt. Glück gehabt, aber auch: gut gemacht. Als Paar, denn würden sie nicht so harmonisch agieren, würden die Hände gewechselt, Matildas Rechte mit Silkes Linker zusammengeschlossen, damit sie erkennen könnten, was eine wirkliche Einschränkung ist. Leider ist Silke schwanger und der Bauch schon groß genug, um im Weg zu sein.

Kooperativ sein, denkt Matilda, die Kettenhand immer wieder wegziehen und stilllegen lassen, sanft bleiben, auch innerlich, vor allem innerlich, nachgiebig, und doch weiterarbeiten, etwas schaffen und vollbringen, dabei aber einem anderen Willen innerlich, äußerlich angeschmiegt sein. Und eine tiefe innere Ruhe, sagt sich Matilda, durchflutet mich, so haben sie es im psychagogischen Readaptionstraining gelernt, Flut, Ruhe, innen, tief, die Wutlunte im Zwerchfell muss niedergedacht sein und durch die locker gespreizten Zehenspitzen entweichen. Dabei Dessertservietten falten, die Stückzahl zählt, mechanisch, aber doch mit Liebe, nach einem monatlich neu vorgegebenen Faltplan, im Jänner jeweils wieder beginnend mit Faltmodell 1. Nach drei Jahren glaubst du, du hast es voll im Griff, erzählen die Veteraninnen, du denkst, du hättest das Gefummel in der Baumwolle bis in den letzten Alptraum nach Jahreszeiten geordnet internalisiert, und dann kommt wieder eine neue Aufseherin frisch von der Sozialtherapeutischen Staatsakademie, mit neuen nostalgischen Vorlagen, Faltmustern aus der Metternichzeit oder aus veronesischen Nonnenklöstern, Hauptsache, etwas Ausgestorbenes wird mit Rückbesinnlichkeit wiederbelebt. Und du dankst es ihr auch noch, innerlich, sagen die Veteraninnen, das ist das Irre, denn auch die absurdeste Abwechslung zählt.

Nein, Fräulein Matilda, sagt Frau Stipkowitz, die Aufseherin, und klopft ihr mit einer langen Stricknadel auf die Finger. Manchmal wird mit der Stricknadel auch ins Nagelbett gestochen oder in die Häutchen zwischen den Fingern, da wird die Nadel ganz zart angesetzt und dann in Ruhe hineingebohrt, das sieht sorgfältig, sinnvoll aus für den Betrachter, und sinnvoll ist auch der Schmerz. Fräulein heißt hier jede der Insassinnen, um einen Unterschied zu den Aufseherinnen zu machen, die Frau heißen, und um ein höfliches Klima vorzugeben.

So nicht, sagt Frau Stipkowitz und sticht mit der Stricknadel in Matildas Riege gefalteter Dessertservietten hinein, reißt sie hoch, eine nach der anderen, lässt sie aufgerissen wieder fallen, in einen Wust. Matilda hat wieder geschummelt, nur mit der freien rechten Hand gearbeitet und die kooperative Linke einfach Silke überlassen, die ist noch neu und faltet langsam, mit schweißnassen, zitternden Händen, Silke braucht beide Hände ganztags, sonst kommt sie gar nicht zurecht. Matilda dagegen ist absolute Meisterin im einhändigen Dessertserviettenfalten, das macht ihr keine nach, da merkt man keinen Unterschied, aber darauf kommt es nicht an, der Sinn der Sache ist ein anderer. Frau Stipkowitz wird innerlich niedergetreten und in der Ruheflut ertränkt, und die Ganztagsmusik aus den Lautsprechern spielt: „Oh mein Lieb', meine sterbende Beute."

Meine Damen, hebt Frau Stipkowitz vor dem Abendessen feierlich an, denn es wird immer alles vor den Mahlzeiten verkündet, wenn einem der Magen knurrt und man vor Hunger zu schwach ist für Rebellion, wenn man auf seinem Teller nichts als eine feinsäuberlich gefaltete, spitzenumrankte Dessertserviette sieht.

Meine Damen, hebt Frau Stipkowitz wiederum an, unsere Institution ist – nun schon zum zweiten Mal – ausgezeichnet worden für ihre gesamtgesellschaftlichen Verdienste, diesmal vom Herrn Frauenminister persönlich, und zwar mit dem höchsten Preis, den dieses Land für sozialkorrektive Einrichtungen zu vergeben hat: dem Würdigungspreis für humanitäres Engagement.

Wie die meisten von Ihnen wissen, meine Damen, wurden wir bereits vor zwei Jahren vom Herrn Frauenbeauftragten der Stadt geehrt, für unseren vorbildlichen Vollzug und unsere außergewöhnlich niedrige Rückfallquote.

In diesem Moment, sagt Frau Stipkowitz, nimmt unsere Frau Direktor die Urkunde in einem feierlichen Festakt im Frauenministerium vom Herrn Frauenminister persönlich entgegen. Der Herr Frauenminister persönlich aber, meine Damen, wird gemeinsam mit dem Ombudsmann für Männeranliegen sowie dem Leiter der Abteilung für geschlechtsspezifische Entwicklung unsere Anstalt besuchen. In exakt sieben Tagen. Ich erwarte von Ihnen, dass Sie den Herren einen Anblick und ein Auftreten bieten, die ihnen beweisen, dass unsere Anstalt diese allerhöchste Auszeichnung verdient.

Frau Stipkowitz und die anderen Aufseherinnen schütteln einander beglückwünschend die Hände.

Die kriegen dafür alle eine Prämie!, hört Matilda eine Insassin unter ihrer vorgehaltenen Dessertserviette zischen.

An den D-Tagen heißt es Wandbilder sticken. Dienstags und donnerstags, alles noch viel schlimmer, Strafverschärfung, denn die Nadel sticht immer daneben und in eine eigene Hand. Gestickt wird mit Nähnadeln, das erschwert die Arbeit, die sind zugespitzt und teilen Stofffasern, an denen sie vorbeigleiten sollten, und dringen direkt in die Haut. Die Zahl der Sinnsprüche ist unermesslich, aus immer neuen Büchern holen die Aufseherinnen alte Sinnsprüche hervor, eine Erbaulichkeit nach der anderen für so einen endlosen D-Tag, man prägt sie sich gut ein, wenn man sie stickt mit eineinhalb Händen und ein paar Tropfen vom eigenen Blut.

IN DER LIEBE KANN MAN NUR DANN ALLES BEKOMMEN, WENN MAN NICHTS VERLANGT. Stickt Matilda, gemach, gemach. Das Schlimmste ist dieses Aufzucken von Hass gegen Silke, wenn diese ihrerseits in einer Stickbewegung, einer Drehbewegung des Stoffes, einer Fadeneinfädelbewegung die Kette spannt, das Handschellenpaar zu sich zieht (ganz sanft, sie sind beide schon so sanft geworden), dabei kann Silke doch am wenigsten dafür, stickt ja selbst an ihrem: NUR WER DIE LIEBE KENNT, WEISS, WAS SEHNSUCHT IST. Sprechen ist zu riskant, auch wenn aus den Lautsprechern ein Lied nach dem anderen dringt: „Ganz in Weiß", „Willst du meine Königin sein", „Nenn es Liebe oder Wahnsinn", „Niemand weint für immer", „Alle Mädchen träumen gern". Manchmal legt Matilda mit einer Garnschlinge ein Zeichen für Silke, zur Aufmunterung, gerade dann, wenn sie besonders schuldbewusst wütend auf sie ist, muss sie sie trösten, eine furchtbare Garnfratze stellt stets Frau Stipkowitz dar. Ein schlichtes V bedeutet Valium, Nachschub ist gekommen über die Seidenstraßen der Anstalt und Matilda hat im Tauschhandel etwas für sie beide abgezweigt, damit stellt sich die Flut der Ruhe viel einfacher ein. Silke weint nicht für immer, Silke träumt gern.

Die Sticksprüche werden aufgehängt, überall, in den Gängen, im Speisesaal, in der Küche, der Wäscherei, den Werkstätten, Toiletten, Therapieräumen, ja, besonders wichtig sind sie in den Therapieräumen, denn dort wird im gelenkten Gruppengespräch über ihren Inhalt reflektiert. Überall kann man sie lesen, muss sie lesen, das menschliche Auge scheint gezwungen zu sein zu lesen, wenn etwas zu lesen da ist, und so sticken sie sich problemlos in den Kopf.

ES GIBT KEINE LIEBE OHNE LEIDEN – ABER VIEL LEID OHNE LIEBE.

EINE GROSSE LIEBE ZEIGT SICH OFT IN KLEINEN DINGEN.

MIT DER LIEBE KOMMT DAS GLÜCK.

MIT EINEM LIEBEN WORT ERREICHT MAN OFT MEHR ALS MIT TAUSEND VORWÜRFEN.

LIEBE FINDET PLATZ AUCH IN DER KLEINSTEN HÜTTE.

LIEBE, GLÜCK UND LEIDENSCHAFT GIBT ALLEN MENSCHEN KRAFT.

LIEBE IST DAS HOCH, DAS ALLE WOLKEN VERTREIBT.

LIEBE IST DIE KÜRZESTE VERBINDUNG ZWISCHEN ZWEI MENSCHEN.

EINE LIEBE, DIE ZU ENDE GEHT, WAR NICHT DIE „LIEBE DES LEBENS".

VERLIEBTE VERLIEREN DEN KOPF, WEIL SIE IHN AM WENIGSTEN BRAUCHEN.

BEIM KÜSSEN SCHLIESST MAN DIE AUGEN, DAMIT MAN BESSER INS HERZ SEHEN KANN.

WER DIE LIEBE IN VOLLEN ZÜGEN GENIESST, WIRD LEICHT LIEBESTRUNKEN.

EIN LIEBESBRIEF IST DIE SCHÖNSTE FORM VON DICHTUNG UND WAHRHEIT.

Auch die Schlafzimmer sind mit Sprüchen geschmückt, die über dem Betthaupt darf man sich selbst aussuchen. Über Silkes Doppelbetthälfte hängt: SCHON KURZ NACHDEM ES GEFUNKT HAT, FÄNGT DAS HERZ AN, LICHTERLOH ZU BRENNEN, und über Matildas Doppelbetthälfte: LIEBE IST EIN RAUM, IN DEM MAN GERN LEBENSLÄNGLICH „SITZEN" MÖCHTE.

Als die Direktorin mit der Urkunde zurückkommt, müssen im Speisesaal einige Sprüche abgenommen werden, um Platz für sie zu schaffen.

Samstagabends gibt es einen alten Film, in dem alles gut wird. Da sind die Berge immergrün, und die Bergmenschen singen und tanzen. Ein bisschen Leid, ein bisschen Verwirrung, das eine oder andere Schicksal. Am Schluss drehen die Paare um und kehren zurück in die Heimat.

Er: Und, willst du noch immer zum Theater?

Sie: Nein! Nur mehr das Glück im kleinen Winkel.

Der Tag des großen Amtsbesuches rückt näher, Frau Stipkowitz wird nervöser, kaum ein Moment vergeht, in dem sie nicht den Sitz ihrer Uniform korrigiert. Die naturweißen Anstaltsdirndln werden entfleckt, gekocht und mehrfach gebügelt, bis das Wechselspiel aus Falten und Glätten der genauen Vorschrift entspricht. Der Gummizug der Dirndlblusen zwickt unter der Brust, Silke, deren Brust immer größer wird, stöhnt und kann sich kaum umdrehen. Gemeinsam müssen sie auf die Knie, schrubben mit Bürsten den Boden, schaffen es nicht, die weiten Dirndlröcke frei von Kernseifenlauge zu halten. Matilda will immer noch alte Hosen zum Putzen durchsetzen, aber jetzt, vor der Ministervisite, liegt dieser Traum ferner denn je. Der Küchendienst wird verschärft, die Ernährung muss so gesund sein wie noch nie, jede Verletzung der Nährwertrichtlinien zieht Folgen nach sich. Bei der Berechnung von Beta-Carotin und Folsäure fällt Silke vor der sauber polierten Herdzeile plötzlich in Ohnmacht und reißt Matilda am Handgelenk mit, die im Sturz die Fleischgabel in ihrer Rechten nicht mehr von Silkes Oberarm abwenden kann.

Als Silke aufwacht, glaubt sie, das Blut auf ihrer Bluse flösse aus der schmerzenden Stelle an ihrem Hinterkopf, und beginnt laut zu schreien.

Mir ist der Schädel aufgeplatzt!, schreit sie. Frau Stipkowitz reißt sie und Matilda hoch, um sich einen Überblick zu verschaffen, und stößt dabei einen Topf mit kochendem Wasser um, dessen Schwall zwar alle um Haaresbreite verfehlt, das aber doch ein paar beißende Spritzer verteilt.

Meine Beine sind verbrannt!, schreit Silke, und Frau Stipkowitz verpasst ihr eine Ohrfeige, so dass sie taumelt und

Matilda wiederum mit sich reißt, die mit der freien Rechten in eine Gasflamme greift und sich nunmehr ernsthaft verbrennt.

Au!, schreit Matilda. Frau Stipkowitz tritt einen Schritt zurück, betrachtet sie eindringlich und sagt: Sie beide müssten wirklich einmal aus ihrer ewigen Opferrolle herauskommen, meine Damen.

Über ihnen hängt eine Schweinehälfte, das gespaltene Schweineantlitz blickt starr wie ein Gott.

Dann ist alles in heller Aufregung, geschürzt und gekämmt, der große Tag, bald wird die hohe Abordnung kommen, doch Frau Stipkowitz ist unauffindbar. Fieberhaft wird nach ihr gesucht, in all der Ordnung, wo nicht eine Nadel unregistriert verschwindet, schließlich entdeckt man sie zwischen den Kisten mit saisonalem Frischgemüse. Eine große Fleischgabel steckt in ihrem Hals, es ist mehrmals zugestochen worden, bis die Schlagader aufsprang, das Blut schwimmt ordentlich aufgewischt in einem Eimer mitsamt dem dazu verwendeten Tuch. Wie sich später herausstellt, handelt es sich um eines der spruchbestickten Leinentücher von den Wänden der Vorratskammer, es trägt die Aufschrift: DER PHYSIKER NENNT ES ANZIEHUNGSKRAFT, DER CHEMIKER REAKTION, DER POET SPRICHT VON LIEBE.

Die helle Aufregung schlägt um in eine düstere, anstatt der Freunde der Anstalt kommen die Spurensicherer und Inspektoren, Frau Stipkowitz' Leiche wird in die Gerichtsmedizin abtransportiert, Vernehmungen werden organisiert. Wenn Matilda Silke von der Seite ansieht, scheint ihr, dass so eine Schwangerschaft letztlich doch hübsch macht, den Friedenshormonen ist der äußere Aufruhr egal. Die Insassinnen geben allerlei Aufenthaltsorte und Tätigkeiten zu Protokoll, es hat aber keine etwas gehört oder gesehen. Da sie zu zweit zusammenhängen, muss ja eine an die Mörderin gefesselt sein und dem Mord beigewohnt haben, oder zwei Komplizinnen haben gemeinsam gemordet.

Eben, sagt eine wie die andere, und das ist doch sehr unwahrscheinlich, außerdem wären wir mit unserer Behinderung leicht zu überwältigen, sollte man sich nicht auf die Aufseherinnen konzentrieren?

Merci

Meine Kontaktfrau in Roussillon hieß Colette, sie hatte einen leitenden Posten im Conservatoire des Ocres inne, wo die Farbpigmente produziert wurden, mit deren Herstellung sich unsere Fernsehdokumentation zu befassen hatte. Colette war in Karenz, aber hatte sich nichtsdestotrotz bereit erklärt, für uns alles Nötige zu organisieren. Ihre ältere Tochter war nur sechs Tage jünger als Xaver, die jüngere eineinhalb. Im Laufe unserer E-Mail-Korrespondenz hatten wir begonnen, in Nebensätzen die Kinder zu erwähnen, eine spontane Einladung war gefolgt, ich könne während der Dreharbeiten mitsamt Xaver in ihrem Haus wohnen, sie würde die Kinderbetreuung übernehmen – ist doch egal, ob zwei oder drei! Und ihren Mädchen würde es gut tun, einmal einen kleinen Vertreter des anderen Geschlechtes näher kennenzulernen, sie waren ja so scheu! Sogar eine Reihe von Aufnahmen des Kinderzimmers hatte Colette mir gemailt, die Wände waren bis zur Decke mit Winnie-the-Pooh-Szenen bemalt, es gab ein Barbieschloss, ein Klettergerüst samt Rutsche – sogar einen Schaukelwalfisch, auf dem drei Kinder gleichzeitig reiten konnten, hatte Colette eigens angeschafft. Vormittags, schrieb sie, würden sich die Kinder alleine in ihrem Zimmer aufhalten und von ihrer im unteren Stockwerk des Hauses beschäftigten Mutter per Webcam überwacht. Aber ja! Warum denn nicht? Alles „high security"! Sie schickte mir Bilder von friedlich vor der Webcam spielenden Kindern. Die Ernährung „completely organic", keine Konservierungsstoffe, keine Butter, keine Süßigkeiten, die Kinder liebten (ja liebten!) Wasser, Oliven und Fisch.

Colettes Haus lag etwas außerhalb von Roussillon auf einer Anhöhe, die einen Blick auf die olivenfarbenen Hügel gewährte, auf Steineichen, Felder, Felsen und milde Schatten, winzig klein waren in der Ferne ein paar weiße Pferde zu sehen. Colettes Haus war mein Traumhaus. Eines meiner Traumhäuser, und sie führte gewiss eines meiner Traumleben, im Sonnenuntergang zufrieden auf ihrer Veranda sitzend, tief den Duft der Schirmpinien und Wacholderbüsche einatmend, vor sich den gedeckten Tisch mit Oliven und gebratenem Fisch. Das Haus war in einer Farbe bemalt, die ich nach meinen Recherchen als eine Variation des *ocre rouge* einstufte, Fenster- und Türrahmen in bläulichem Weiß, halb war es umschlungen von dunkelgrünen und silbrigen Blättchen, davor ein wilder Blumengarten, Zitronenfalter und jene vollkommene Stille, in der jeder Windhauch Geschichten aus Märchenverstecken erzählt.

Da stand ich, das rechte Hosenbein fleckig von dem Kaffee, den die Stewardess auf der Strecke Wien–München darübergeschüttet hatte, das linke braungesprenkelt von dem Kakao, den Xaver auf dem Anschlussflug München–Lyon aus seinem Fläschchen gespritzt hatte, hinter mir der Mietwagen, den ich schon bei der Ausfahrt aus dem Flughafenparkplatz zerschrammt hatte, auf dem Rücksitz eine übelriechende Windel, eine ausgestreute Tüte Erdnüsse und weitere Kakaoflecken, Xaver stieg barfuß aus dem Auto und sofort in eine Distel hinein. Während ich ihn tröstete, einen Stachel aus seiner Fußsohle entfernte und ihm Sandalen anzog, fiel mir ein, dass ich Steven noch gar nicht angerufen hatte, um ihn zu informieren, dass wir gut angekommen waren. Ich holte das Handy aus dem Auto und drückte die Kurzwahl 1.

„Bist du wahnsinnig?“, zischte Steven. „Du weißt doch, dass wir um die Uhrzeit proben und dass Cavalli ausflippt, wenn er bemerkt, dass ich auf der Bühne ein Handy dabeihabe!“

„Warum kannst du dann mit mir reden?“

„Weil wir gerade zehn Minuten Pause haben und er aufs Klo gegangen ist. Was glaubst du, warum ich flüstere? Ich verstecke mich hier hinter einem riesigen goldenen Baum!“

„Okay, ich mach’s kurz. Sind gut angekommen, stehen jetzt vor dem Haus von dieser Colette.“

„Ich liebe dich! Küss Xaver von mir! Tut mir leid ...“

„Schon gut“, sagte ich und drückte Aus. Ich überlegte kurz, per SMS ein versöhnlich pulsierendes Herz nachzuschicken, aber das Risiko war zu groß, dass Steven wieder vergaß, das Handy auszuschalten, der Regisseur das SMS-Piepen hörte und mir mein Mann für das Herz nicht sonderlich dankte.

Ich musste daran denken, wie begeistert meine Mutter gewesen war, als sie erfuhr, dass ich mit einem Opernsänger „zusammengekommen“ war. Nicht, weil sie Musik so sehr liebte, sondern weil sie die Medien liebte. Manchmal hatte ich den Verdacht, sie wäre auch über einen Verbrecher begeistert gewesen, Hauptsache, sein Bild war in der Zeitung abgedruckt. Als ihr klar wurde, dass ein Opernsänger ein mindestens ebenso nomadisierendes Leben führte wie jemand, der heute den Anbau von Kumquats in Korfu und morgen die Herstellung von Hochzeitsgebäck in der

Slowakei filmt, war sie davon ausgegangen, dass wir einander abwechselnd begleiteten und für Xaver eine Nanny mitnahmen „wie Angelina Jolie und Brad Pitt". Leider überschnitten sich unsere Termine bisweilen und die Reisekosten für eine Nanny konnten wir uns nicht leisten. Wir hatten noch keine optimale Lösung gefunden. Meine Freundinnen sahen mich scheel an, weil nicht Steven unseren Sohn mit zu seinen Engagements nahm, aber er durfte ja nicht einmal ein Handy mit auf die Bühne nehmen, geschweige denn ein Kind. Colette war mit Sicherheit die bessere Lösung.

Als wir uns dem Haus bis auf wenige Schritte genähert hatten, war es mit der bukolischen Stille vorbei. Wie aus dem Hausinneren zu hören war, hatte Colette eine sehr laute Stimme, ihre Töchter ebenfalls, offenbar waren Disziplinierungsmaßnahmen im Gange. In der Hoffnung, durch unseren Auftritt eine friedenstiftende Wirkung zu erzielen, betätigte ich zweimal den Türklopfer. Im selben Moment erklang laut und deutlich der Aufschrei: „Mais ça m'emmerde! Vraiment!", gefolgt von lautem Rumpeln und sirenenhaft aufheulendem Kinderprotest. Nicht einmal ich hatte das Klopfen gehört. Ich zog die Möglichkeit in Erwägung, einen kleinen Spaziergang durch die Garrigue zu machen und später wiederzukommen, wenn sich die Krise gelegt hatte. Ein Blick auf Xaver jedoch, der auf einem Mäuerchen kauerte, auf dem Schoß seine Plüschschildkröte, darauf gebettet den müden Kopf, überzeugte mich, dass ich auf Probleme der Gastgeberin keine Rücksicht nehmen konnte. Einen relativ ruhigen Moment nutzend, klopfte ich ein weiteres Mal. Plötzlich wurde es still, Schritte näherten sich. Die Tür wurde weit aufgerissen und mit einem dreifachen Wangenkuss flog mir die Hausherrin an den Hals. Dann sank sie auf die Knie, um mit dem Ausruf: „Donne-moi un bisou!" Xaver zu küssen, der daraufhin endgültig sein Gesicht in der Schildkröte begrub. Indessen waren zwei kleine Mädchen auf roten Rutschautos herbeigerast, die versuchten, mich zu beeindrucken, indem sie mit wildem Gelächter meine Knöchel rammten. Jede hatte zwei Zöpfe, die mit allerlei Spangen und Bändchen befestigt waren, und um nun die Aufmerksamkeit ihrer Mutter zu erregen, begannen sie sich diese von den Köpfen zu reißen und in den Garten zu werfen. Auf die im Kasernenton ausgesprochene Aufforderung hin, alles wieder aufzusammeln, stürmten sie hinaus und setzten ihre Wurfübungen mit großen, runden Steinen fort, die sie aus den Oleandertöpfen klaubten. Als Xaver interessiert eines der dadurch frei gewordenen roten Rutschautos bestieg, machte er sich umgehend zum Ziel des Bombardements. Mit vier Erwachsenenhänden versuchten wir die wesentlich flinkeren vier Mädchenhände ihrer Bewaffnung zu entledigen. Colette legte jeden einzelnen Stein sorgfältig an seinen Platz zurück, dabei laut über die Katzen lamentierend, die ihr ohne den Steinschutz bestimmt in die Blumenerde pinkeln würden. Als die Verwendung von Steingeschossen endgültig aussichtslos erschien, gingen die Mädchen mit bloßen Fäusten auf Xaver los. Bevor ich die drei erreichen konnte, waren sie alle mitsamt dem umkämpften Fahrzeug über die Stufen gefallen und schrien, stimmlich aufs Äußerste miteinander konkurrierend, bis das größere Mädchen sich aufrappelte und die liegengebliebene Plüschschildkröte mit Fußtritten malträtierte, woraufhin Xaver im Schreiwettbewerb als Sieger hervorging.

In diesem Moment begann im Haus ein Telefon insistierend zu läuten und ein Auto fuhr die Auffahrt herauf.

Mein Team hatte ohne Orts- oder Französischkenntnisse die Unterkunft nicht gefunden, Colette erklärte am Telefon Straßenabzweigungen auf Englisch und gestikulierte dazu, als könnte der Anrufer ihre Handbewegungen sehen, während ich so tat, als wäre ich nicht zuständig, dabei war ich hauptschuldig, warum nur hatte ich auf getrennter Anreise bestanden: Ich wollte nicht genervt sein durch die Gegenwart von drei jungen Männern, die genervt waren durch die Gegenwart eines kleinen Kindes. Denn was wirklich nervt bis aufs Äußerste, wenn man mit einem kleinen Kind unterwegs ist, ist das Genervtsein der anderen, insbesondere Kinderlosen, die unentwegt wollen, dass man das Quengeln abstellt, das Schreien einbremst, das Herumrennen unterbindet, dass man die Fernsteuerung anstellt und das Kind damit geschirr- und gläserschonend bewegt, dass man seine Sätze zu Ende führt und die Augen nicht abwendet von den dringlichen Ausführungen des Gegenübers, dass man die Stimme in angenehmer Modulation führt und nicht plötzlich aufschreit, um das Kind am Hinabstürzen über die Rolltreppe zu hindern, dass man dafür sorgt, dass das Kind von sich aus in keinerlei Schwierigkeiten gerät, dass man das Kind in angenehm antiautoritärer Weise zu absolutem Gehorsam erzieht. Und auch ohne Menschen, die einen kannten und vor denen man das Gesicht zu wahren hatte, war es anstrengend genug, Xaver, der im Flugzeug sofort zu brüllen begann, weil er den Gurt nicht wollte, der ältere Herr, der immer wieder rief: „Die soll doch dem Kind ein Zuckerl geben!“, die Stewardess, die mich wiederholt darauf hinwies, dass ich die Sicherheitsbestimmungen nicht einhielt, wenn Xaver sich aus dem Sitzgurt herauswand, Xaver, der längst ein Zuckerl im Mund hatte und dennoch weiterbrüllte, die wachsende Zahl an Mitschimpfenden, die „Ruhe!“ riefen – kurz, ich wollte kein solches oder sonstiges Spektakel vor drei jungen Männern, die in mir eine Respektsperson brauchten, und auch nicht eine andere Unterkunft suchen als meine eigene, darum musste ich nun auf drei kleine Kinder aufpassen, während Colette gestikulierte, ihr Mann Philbert mit fiebrig verschwommenen Augen aus dem Auto ausstieg, als würde er nichts und niemanden erkennen: „Bon soir. Je suis ... Ah bon, bon soir.“

Das Abendessen sollte nicht auf der Veranda eingenommen werden, sondern in der engen und stickigen Küche, in der die Stühle an der Wand festgezurrt waren, damit die Kinder, wie ich erfuhr, sie nicht eigenmächtig und unbedacht verschleppten. Natürlich machte das insofern zusätzliche Arbeit, als man die Stühle vor den Mahlzeiten erst aus ihren Verschnürungen lösen musste, aber es ging eben nicht anders.

Indem ich während der hitzigen Vorbereitungen auf die Veranda hinausging, um eine Zigarette zu rauchen, löste ich eine Ehekrise aus, da erst Philbert mir gefolgt war, um ebenfalls zu rauchen, dann aber Colette uns beiden, um ihren Mann am Rauchen zu hindern. Ich erfuhr, dass es eine Bedingung zur Eheschließung gewesen war, dass Philbert mit dem Rauchen aufhörte, dass er immer wieder und mindestens zweimal im Jahr dieses Versprechen gebrochen hatte, und jetzt schon wieder, dass Philbert hingegen der Auffassung war, er hätte aus freien und eigenen Stücken mit dem Rauchen aufgehört, wäre daher auch berechtigt, eine seltene Ausnahme zu machen, und noch ehe ich mir die zweite Zigarette angezündet hatte, endete der Schlagabtausch mit einem mehrfachen „Pourquoi? Pourquoi? Pourquoi?“ vonseiten Colettes, das ihr Mann mit einem gebrüllten „Parce-que c’est la fête aujourd’hui!“ beantwortete. Nachdem Colette mit der Drohung, sie würde zurück zu ihrer Mutter nach Aix ziehen, wieder im Haus verschwunden war, lobte ich leichthin die Landschaft, den Abend und die Provence ganz im Allgemeinen, um dann zu dem Vorschlag überzuleiten, hier im Freien zu speisen anstatt im Haus.

Philbert schüttelte entschieden den Kopf: Niemand, wirklich niemand hätte den Nerv, einen Teller oder ein Glas oder auch nur eine Olive hier hinaus zu tragen. Dann stieg er die Holzstufen der Veranda hinab, um seine Zigarette sorgfältig in der Erde auszudämpfen. Den Stummel trug er zum Zaun und schleuderte ihn so weit wie möglich darüber hinweg. Mit meinen eigenen Zigarettenstummeln in der Hand stolperte ich ihm nach und bereute es zutiefst, nicht die Segnungen der Hotellerie in Anspruch genommen zu haben. Schuld überflutete mich, Arbeit verursacht, Ehe beeinträchtigt, Unruhe gestiftet zu haben, aber auch Dankbarkeit gegenüber Steven, der nichts dagegen hatte, dass ich rauchte, so lange es nicht in geschlossenen Räumen und in Gegenwart seiner Stimmbänder war.

Wir gingen ins Haus zurück, wo eine aufgeschnittene Wassermelone auf dem Tisch stand und Xaver brüllte, weil die beiden Mädchen in Hochstühlen saßen und er auch einen wollte, woraufhin Colette zum Telefon eilte, um mit Nachbarn über einen eventuellen Hochstuhlverleih zu verhandeln, aber keiner der Nachbarn war da, warum hatte ich denn nicht gesagt, dass Xaver einen Hochstuhl brauchte – weil er seit Monaten partout nur auf Erwachsenenstühlen saß. Ich schimpfte Xaver in der „Das ist jetzt eine Show für die anderen"-Stimme, wurde jedoch dadurch unterbrochen, dass die Mädchen ihre Teller vorgesetzt bekamen und sich mit dem Satz: „Merci, ma chère Maman aimée" bedanken sollten. Dies verweigerten sie unter Geschrei, wiewohl sie den Satz zahllose Male von Vater und Mutter vorgeschrien bekamen, bis schließlich Chaos ausbrach, die heulenden, strampelnden Kinder auf den Boden gesetzt werden mussten, wo sie eine Wasserflasche an sich rissen und sich und einander und den Boden begossen. In diesem Moment flog Colettes Hand in das Gesicht des älteren Mädchens, während Philbert sich die jüngere auf den Schoß lud, ihr die Windel herunterriss und den Hintern versohlte.

Xaver war starr und starrte und sagte: „Aua", so wie er „Aua" sagte, wenn im Fernsehen ein Auto in ein anderes fuhr. Ich sagte so laut wie möglich: „Pas de violence devant mes yeux!" und lachte so laut wie möglich, dabei an Xaver denkend, der morgen hierbleiben sollte, bis Colette ebenfalls lachte und sagte: „Don't worry, I won't beat up your son."

Dann aßen wir Käse, Melone und biologische Brötchen und besprachen den Ocker, die Agrarprodukte und Schönheiten der Provence.

Blaue Augen

Meine Oma lag im Sterben. Natürlich lag meine Oma schon seit Jahren im Sterben, die meiste Zeit saß sie eigentlich im Sterben, während sie jeweils ein paar Tage vor Allerheiligen, Fronleichnam oder Christi Himmelfahrt anrief, um mit ihrer sterbenden Stimme zu fragen, ob ich denn nicht ein einziges, möglicherweise allerletztes Mal Mariä Empfängnis oder Ostern oder Pfingsten mit ihr verbringen wolle. Sie wählte stets mit großem Bedacht die Worte: „Willst DU nicht …", oder: „DU und ich könnten doch …", was Simone natürlich auf die Palme brachte, denn meine Oma wählte dieselben Worte auch dann, wenn sie und Simone und ich miteinander im selben Raum um denselben Tisch saßen: Stets schaute sie an Simone vorbei und von unten in meine Augen herauf, um mit ihrer sterbenden Stimme zu sagen: „Wer weiß, Manfred, ob ich am nächsten Dreikönigstag überhaupt noch am Leben bin?"

Simone stand ihr in nichts nach, was Körpersprache betrifft, rollte die Augen, schnaufte, schlug mit der Hand auf den Tisch, sprang auf, zündete sich eine Zigarette an, starrte kopfschüttelnd aus dem Fenster, putzte sich laut trompetend die Nase, knallte ihren Hintern mit Schwung wieder auf die Küchenbank, kam mit ihrem Gesicht ganz nah an meines heran und blies mir mit weit aufgerissenen Augen den Rauch ins Gesicht. Meine Oma rührte indessen unschuldig in ihrer Tasse mit Malzkaffee, den sie sich nie zubereitete, ohne zu erwähnen, dass sie ja leider keinen echten Kaffee mehr trinken dürfe, wegen ihres schwachen Herzens und ihres angegriffenen Magens, und in den sie Süßstoff schüttete wegen ihrer „Figur".

Ich wusste genau, was ich von Simone wieder hunderttausendmal zu hören bekommen würde: „Warum kann sie nicht ein Mal IHR sagen? Hat sie es noch immer nicht begriffen, dass wir verheiratet sind?", und während ich noch mögliche Ablenkungsmanöver für den Abend in Erwägung zog (Kinobesuch?), pflegte Oma schon den nächsten taktischen Vorstoß zu unternehmen, etwa mit: „Weißt du noch, Manfred? Dieser wunderschöne Urlaub, den wir zwei in Sharm el Sheikh verbrachten?" (Anspielung auf meine in ihren Augen glückliche Single-Zeit, in der ich sie einmal auf einen Tauchurlaub mitgenommen hatte. Während ich mit vier Tauchgängen täglich beschäftigt war, langweilte sie sich an der Poolbar zu Tode.), oder schlimmer noch: „Mein Gott, wenn ich daran denke, wie oft ich deinen Vater davon abgehalten habe, dich zu verprügeln ..."

Ich lächelte friedvoll in die Runde, hing dabei Visionen von einsam auf dem Sofa verbrachten Feiertagen nach, nur ich, eine Chips-Tüte, ein Science-Fiction-Roman und ein wenig Weltschmerz, niemand, der zu sterben drohte oder schluchzend die Schlafzimmertür hinter sich zuknallte. Wozu das alles?, dachte ich, ist doch nur ein Scheiß-Feiertag. Nachdem mir Simone aber schon lange vor unserer Eheschließung auseinandergesetzt hatte, dass das Wesen der Ehe darin bestünde, dass man endlich erwachsen werde und sich aus sämtlichen Uteri vorvergangener Matriarchinnen löse, was für mich im Klartext hieß, entweder einen Feiertag lang wilden Sex mit Simone oder wilden Zoff mit Simone, entschied ich mich konsequent für den erwachsenen Weg des geringsten Widerstandes (welche von beiden hat mehr Möglichkeiten, mir das Leben zur Hölle zu machen?) und somit für Sätze wie: „Oma, nicht böse sein, WIR haben schon andere Pläne."

Oma schaute mich dann an mit ihren eisblauen Augen und ließ die Hand mit dem Kaffeelöffelchen so sehr zittern, dass es gegen den Tassenrand klirrte, und Simone schaute mich an mit ihren braunen Augen und dämpfte zufrieden die Zigarette aus. Das ganze Unheil begann nämlich damit, dass meine Oma blaue Augen hatte und Simone braune, und damit, dass meine Oma ganz schwer einen an der Waffel hatte, das musste ich ehrlich eingestehen. Es begann auch damit, dass ich überhaupt solche piefkinesischen Ausdrücke verwendete wie „Zoff" oder „einen an der Waffel haben", wiewohl ich doch in Hollabrunn geboren und aufgewachsen war, was daran lag, dass meine Oma alles Deutsche und insbesondere „die deutsche Sprache" verehrte, wiewohl sie doch eine geborene Machacova aus Bratislava war, das bei ihr jedoch ausnahmslos „Pressburg" hieß. Das ganze Unheil hatte also genaugenommen in dem Moment begonnen, als meine Oma Simone zum ersten Mal zu Gesicht bekam und sofort auf ihre braunen Augen hinwies und ihr eine „slawische Physiognomie" attestierte. Wiewohl Simone aus Tirol stammte und damals noch Kohlbacher hieß. Das ganze Unheil hatte in Wahrheit schon vor fünfundsechzig Jahren begonnen, weil meine Oma schon vor fünfundsechzig Jahren einen an der Waffel gehabt haben musste, vielleicht sogar schon vor siebzig Jahren oder noch früher, in ihrer Kindheit.

In meiner Kindheit war sie immer wieder monatelang zu uns gekommen, wenn meine Mutter, ihre Tochter, mit mir „nicht zurande kam", weil sie mit meinem Vater nicht zurande kam, und meine Oma hatte mich gebadet und in flauschige Badetücher gehüllt und mir Milchreis mit geriebener Schokolade drauf gekocht und mir unermüdlich Bücher über die Feuerwehr oder das Bergsteigen vorgelesen, und sie hatte tatsächlich sehr oft meinen Vater durch geschickte Schachzüge („Ein Glas Sherry und etwas Knabbergebäck, Günther?“) davon abgehalten, mich zu verhauen. Sie war mit mir ausgestiegen, wenn meine Mutter mich wegen „lästiger Quengelei“ aus dem Auto geworfen hatte, und hatte der Davonfahrenden nachgerufen: „Du kannst doch den Jungen nicht alleine nach Hause gehen lassen, Anneliese!“ Sogar „Junge“ sagte sie zu mir, nicht „Bub“. Ich musste mir eingestehen, dass ich meine Oma mehr liebte als meine beiden Eltern zusammen, und ich musste mir im Laufe der Pubertät nach und nach eingestehen, dass meine Oma ganz schwer einen an der Waffel hatte, das heißt, ich musste mir das Schlimmste eingestehen, nämlich jemanden zu lieben, der Dinge sagte wie: „Auschwitzlüge“ oder: „Der Neger hat einfach viel schärfere Ausdünstungen als wir.“

Dann lag meine Oma tatsächlich im Sterben, zumindest sprachen die Ärzte von ihrem „instabilen Zustand“ und davon, dass „angesichts ihres hohen Alters nichts mehr mit Sicherheit zu sagen“ wäre. Es hatte sie nicht am Herzen erwischt und nicht am Magen, stattdessen war ein Gehirntumor aus ihrem aufgebohrten Schädel entfernt worden, und es wäre für mich tröstlich gewesen, hätte man es dem Tumor zuschreiben können, dass sie einen an der Waffel hatte, aber die Ärzte versicherten mir, der Tumor sei frühestens vor einem Jahr entstanden, und wie gesagt, einen an der Waffel hatte meine Oma schon vor Jahrzehnten gehabt.

Simone und ich fuhren ins Spital, um sie zu besuchen, Simone war im dritten Monat schwanger und saß am Steuer, sie wollte sich beweisen, dass sie schwanger und nicht krank sei, obwohl sie sich jede Nacht so oft übergab, dass wir an ihrer Bettseite routinemäßig einen Eimer (beziehungsweise Kübel) platzierten. Trotzdem beneidete ich sie, erstens, weil ihr die Schwangerschaft einen heroischen Glanz verlieh, wie mir schien, und zweitens, weil sie in Bezug auf das Dritte Reich eine Familienhistorie vorzuweisen hatte, auf die sie stolz sein konnte, ganz im Gegensatz zu mir, der ich mit einer Oma geschlagen war, die allen Ernstes hoffte, sie würde im Jenseits endlich die Gelegenheit erhalten, Adolf Hitler persönlich die Hand zu schütteln.

Simones Großvater war Widerstandskämpfer gewesen, ja, so etwas gab es im Tirolischen, in echter Andreas-Hofer-Manier hatte er eine Widerstandsgruppe aufgebaut über die schmalen Täler und hohen Berge hinweg, Wehrmachtsdeserteure hatten sich dazugesellt und wurden versteckt, Jagd- und Wildererwaffen heimlich gesammelt. Immer wieder marschierte Simones Großvater über die steilen Pässe nach Italien, um dort in Almhütten mit britischen Geheimdienstleuten zu konferieren, viele Bauern waren involviert, die Scheunen und Brotlaibe zur Verfügung stellten für die gute Sache, auch Simones Großmutter hatte auf ihrem Hof zwei entflohene Zwangsarbeiter versteckt. Den Hof musste Simones Großmutter mit zwei Mägden alleine führen, denn nicht nur ihr Mann, sondern auch ihre beiden Söhne waren im Widerstand und somit jede Nacht in einem anderen Versteck. Nach etlichen erfolgreichen Sabotage-Akten, Desinformationskampagnen und kleineren Überfällen auf SS-Einrichtungen sollte schließlich ein Coup gelandet werden: Man plante, nachts in das Haus eines großen Nazi-Bonzen einzudringen, diesen gefangen zu nehmen und über die italienische Grenze zu den Briten zu transportieren. Jedoch, die Widerstandskämpfer waren verraten worden, im scheinbar schlafenden Haus des Nazi-Bonzen erwartete sie schwer bewaffnete SS und Dorf-Gendarmerie, alle Widerstandskämpfer wurden erschossen, ihre Leichen am nächsten Morgen am Hauptplatz ausgestellt.

So starben Simones Großvater und ihre beiden Onkel, als ihre Großmutter gerade schwanger mit ihrer Mutter war. Der oberste Dorfgendarm, der sich bei der Erschießung besonders hervorgetan hatte, war noch lange nach Kriegsende in seinem Amt, noch lange nach der Gründung der Zweiten Republik und bis in die Siebzigerjahre, als er schließlich seinen beamteten Ruhestand antrat. Simones Großmutter versuchte jahrzehntelang vergebens, finanzielle Unterstützung von der Opferfürsorge zu erlangen, wurde aber nicht als Nazi-Opfer anerkannt, da ihr Mann und ihre Söhne nicht als Widerstandskämpfer anerkannt wurden, denn dann hätten der oberste Dorfgendarm und der Verräter und der Nazi-Bonze und etliche andere umdefiniert werden müssen in Verbrecher, was wiederum die gesamte Dorfstruktur ins Wanken gebracht hätte, also wurden vielmehr Simones Großvater und ihre beiden Onkel als Verbrecher definiert, die einen ganz gewöhnlichen Raubüberfall begangen hatten und dabei von der Hand des Gesetzes zur Strecke gebracht worden waren, und Simones Großmutter bekam ihr Leben lang keine Entschädigung.

Am Schluss, nachdem sie ihre Tochter und ihren Hof entschädigungslos durchgebracht hatte, wollte sie auch gar keine Entschädigung mehr, sie war alt und mürbe geworden, sie wollte nur mehr die Anerkennung ihres Mannes und ihrer Söhne als Widerstandskämpfer, das wäre sie ihnen schuldig, glaubte sie, und das wäre man ihnen schuldig, und vielleicht auch wollte sie nur an ihrem Lebensabend noch einmal durch das Dorf gehen, ohne als Witwe und Mutter von Verbrechern scheel angesehen zu werden.

An all das dachte ich, als ich neben Simone im Auto saß und wir zu meiner Großmutter ins Krankenhaus fuhren, die nur mehr ein Bündel alter Knochen mit einem riesigen Verband um den kahlgeschorenen Schädel war, die in der Zeit, als Simones Verwandte ihr Leben aufs Spiel setzten, eine glänzende Nazi-Karriere durchlief, die von ihrer

Funktion als „BDM-Chefin von Wien und Niederösterreich" gekrönt wurde, wie sie mit ungebrochenem Stolz zu sagen pflegte, und die bis zum Kriegsende und bis zur Gründung der Zweiten Republik und bis in die Siebzigerjahre, als ich geboren wurde, und bis zum heutigen Tage nicht eine Sekunde lang von der Meinung abgewichen war, dass das Dritte Reich nie und nimmer zerstört werden hätte dürfen. Dass man die Menschen um das Dritte Reich betrogen hatte, sagte sie stets, war das Schlimmste, was man ihnen – und ihr – hatte antun können. Ich saß am Beifahrersitz neben Simone, die schwanger war mit unserem gemeinsamen Kind, das aller Voraussicht nach in Friedenszeiten aufwachsen und seinen Vater am Leben vorfinden würde, und hatte plötzlich den Faden verloren in einem heillosen Zeitknäuel und fragte mich, wie sich die Ereignisse wohl fortgesetzt hätten, hätte damals die Gesinnungsgemeinschaft meiner Oma obsiegt. Wäre Simones Großmutter ins KZ transportiert worden und hätte dort Simones Mutter zur Welt gebracht? Gäbe es Simone überhaupt? Hätten meine Oma und mein Opa und all die anderen, die damals einen an der Waffel hatten, es verhindert, dass ich nun eine Ehe führte mit dieser Frau, die ich liebte, auch wenn ich sie in diesem Augenblick beinahe hasste, weil sie so unberührbar und rührend und schwanger am Steuer saß und Vorfahren hatte, die lieber gestorben waren, als dabei zuzusehen, wie die Welt in dem Wahnsinn versank, den meine Oma und ihresgleichen aufgestaut hatten.

Ich musste zugeben, dass Simone nie, kein einziges Mal ihren genealogischen Vorteil gegen mich ausgespielt hatte, und sie hatte sich nie geweigert, die Wohnung meiner Oma zu betreten oder ihr die Hand oder später dann einen Kuss auf die Wange zu geben, obwohl ich es, ihre Familiengeschichte bedenkend, verstanden hätte, hätte sie sich geweigert, eine gänzlich uneinsichtige ehemalige „BDM-Chefin von Wien und Niederösterreich" auf die Wange zu küssen.

Ich hatte den Verdacht, dass Simone, die so präzise und konzentriert fuhr wie sonst nie, damit ja niemand auf die Idee kommen konnte, sie sei durch die Schwangerschaft beeinträchtigt oder gar behindert, an etwas gänzlich anderes dachte als ich, an die Zukunft vielleicht, die in sechs Monaten beginnen würde, oder an die Gegenwart, ihren Kreislauf, ihre Eisenwerte und den Verkehr. Ich hatte sogar den Verdacht – was sehr ungerecht war –, dass sie denken könnte, es sei vielleicht ganz gut, wenn meine Oma und diese ganze grauenhafte Generation nun endlich den Löffel abgaben, während in ihrem, Simones, Bauch ein Kind heranwuchs, das wir nach bestem Gewissen so großziehen würden, dass es hoffentlich keinen an der Waffel bekam.

Meine Oma sah noch erbärmlicher aus als bei unserem letzten Besuch, sie war abgemagert weit unter das, was sie als „gute Figur" bezeichnet hätte und ihr Leben lang angestrebt hatte, ihre Haut hatte allerlei ungesunde Farbschattierungen, bläulich und gelblich, und überall rote Einstichpunkte mit grünen Flecken darum, Schläuche kamen aus ihrer Nase und ihr linker Arm hing an einem Tropf. Sie schilderte uns den Zustand ihrer wundgelegenen Rückseite, die wir zum Glück nicht sehen konnten, und rief gleich einen Pfleger herbei, der ihre Angaben („Haut in Fetzen, rohes Fleisch") bestätigte. Sie saß hoch aufgerichtet in ihren Kissen und ich musste feststellen, dass mir grauste, als ich sie küsste, obwohl ich sie als Kind immer abgeschmust hatte, weil sie in meinen Augen die wärmste und weichste Großmutter war. Ich fragte mich, ob auch Simone sich grauste, als sie ihre schöne junge Wange an die gelbe, leichenhafte meiner Oma drückte, und ich entdeckte schon wieder, dass ich Simone sekundenlang hasste, weil sie die letztlich glückliche Überlebende war, weil sie neben diesem Wrack mit seinen bescheuerten Ansichten aussah wie ein Juwel, und weil ich ein rückgratloser Trottel war, in seiner Kindheit darauf konditioniert, Personen mit verbrecherischem Gedankengut zu lieben.

Ich fasste Simone fürsorglich um die Hüfte und erklärte: „Oma, du wirst dich freuen, man sieht es noch nicht ...“

„Bist du schwanger, Mädchen?“, fragte Oma streng, diesmal ausnahmsweise an mir vorbeisehend. Simone nickte und zog dabei die Augenbrauen und die Schultern hoch, was aussah, als wollte sie sagen: „Tut mir leid, wir leben weiter.“ Oma gratulierte über die Maßen herzlich und trug Simone sogleich das Mittagessen an, das auf einem Betttischchen knapp unter ihren spuckenden Lippen stand. Es handelte sich um einen äußerst übelriechenden Teller Nudelsuppe, der in mir Bilder von Spulwürmern in Äthylalkohol in den wenig besuchten Räumen des Naturhistorischen Museums wachrief, eine Scheibe gekochtes Rindfleisch, das meine Oma bereits ihrer Gewohnheit gemäß in kleine Stücke geschnitten und mit dem als Beilage gedachten Kohlgemüse vermengt hatte, und einem kleinen Schälchen mit etwas, das aussah wie Senf in Wasser, aber höchstwahrscheinlich Apfelmus war. Mein Hass auf Simone verflog auf der Stelle, als ich sah, wie sie mehrmals unterdrückt würgte, ich wusste, sie reagierte zur Zeit hochsensibel auf Speisen und Gerüche, sie musste sogar meterweit von mir weggehen, wenn ich ein Fleischkäsebrötchen (beziehungsweise eine Leberkässemmel) aß. Meine Oma ließ nicht davon ab, Simone zu bedrängen, immer wieder erklärte sie, dass Schwangere für zwei essen müssten und dass es eine unendliche Verschwendung wäre, diese Nudelsuppe und dieses Fleisch und dieses Dessert – da sie ja aufgrund ihrer Invalidität kaum etwas essen hatte können – der Krankenhausküche zu schenken. Ich erlöste Simone, indem ich die grauenhafte Nudelsuppe selbst in mich hineinlöffelte.

„Der Jammer ist“, sagte Oma mitten in mein Suppenmartyrium hinein, „dass ihr beide schasaugert seid.“ Bisweilen konnte meine Oma nämlich durchaus österreichisch sprechen, wenn ihr der Sinn danach stand. „Zwei schasaugerte Eltern, das ergibt ein doppelt so schasaugertes Kind."

„Schasaugert" hatte meine Oma mich genannt, seit ich mit acht Jahren eine Brille bekam und endlich wieder dem Unterricht folgen konnte. Obwohl ich damals zu ahnen begann, dass sie einen an der Waffel hatte und ich mir zum Zeitpunkt des Führerscheinerwerbs in diesem Punkt sicher war, fuhr ich drei Jahre lang ohne Brille Auto, nur um nicht als schasaugerter, genetisch minderwertiger Abschaum kenntlich zu sein, dann legte ich mir aus philanthropischen Motiven Kontaktlinsen zu. Simone aber, die ebenfalls kurzsichtig war, trug beinhart, wie man es nur nennen konnte, ihr nicht einmal besonders edles Brillengestell und zählte mir derartig viele erwiesenermaßen schasaugerte Genies auf, dass ich zu dem Eindruck gelangen musste, Schasaugertheit wäre geradezu eine Grundvoraussetzung für Genialität.

„Wenn das Kind nur nicht braunäugig wird", sagte meine Oma, „das dunklere Blut pflanzt sich ja viel stärker fort als das hellere. Wenn ein Neger und ein Weißer sich paaren, wird das Kind zwangsläufig schwarz." Zum Glück kam in diesem Moment der Pfleger herein, um die Reste der Mahlzeit abzutransportieren, doch das „Dessert" behielt meine Oma in der Hand. Während ich noch überlegte, ob das bedeutete, dass ich es essen würde müssen, nahm sie ihren Faden wieder auf: „Wenn man ein weißes Kaninchen mit einem schwarzen paart ..."

„Hatte dein Verlobter nicht auch braune Augen?", fragte Simone und deutete auf das Foto eines jungen Mannes in Wehrmachtsuniform, das auf dem Nachtkästchen stand.

Oma nahm das Foto in die Hand und betrachtete es lange.

„Gefallen an der Ostfront mit fünfundzwanzig Jahren", sagte sie. „Und ich in einem Trümmerhaufen, schwanger mit Anneliese." Sie reckte den Hals und hackte mit den Handkanten durch die Luft: „Stellt euch vor, links und rechts fallen die Bomben! Wie soll ich hier mein Kind zur Welt bringen, ihr alliierten Schweine, hab ich gedacht, mein Verlobter ermordet, die Häuser in Schutt und Asche, überall Brände und Rauch! Wie könnt ihr nur Familien und Lebensglück so zerstören, habt ihr denn keine Menschlichkeit, bringt unsere Männer um und werft Bomben auf schwangere Frauen?“

Der junge Mann in Wehrmachtsuniform war mein Opa, ich hatte ihn nicht gekannt, meine Mutter hatte ihn nicht gekannt, mit fünfundzwanzig Jahren war er an die Ostfront gezogen, um dort im Sinne meiner Oma Ländereien und Güter zu erobern, auf denen man gut leben hätte können mit Zwangsarbeitern aus der unterworfenen slawischen Bevölkerung, stattdessen aber war mein Opa im Schneesturm verreckt an der Ruhr, laut meiner Mutter, wogegen meine Oma von einem tödlichen Scharmützel mit dem heimtückischen russischen Feind berichtete. Und ja, er hatte braune Augen gehabt. Ohne sie irgendjemandem zu vererben. Meine Mutter hatte blaue Augen, ich auch.

„Was für eine schöne kleine Hochzeit ihr gehabt habt“, seufzte Oma, „ich habe gar keine Hochzeit gehabt. Das Hochzeitskleid war schon im Schrank, aber dein Großvater ist nie heimgekehrt von der Front.“ Wir kannten das besagte Hochzeitskleid, es hing nämlich noch immer in Omas Schrank und wurde alljährlich am vermuteten Todestag des Gefallenen hervorgeholt, gereinigt und gezeigt. Denn weder war der exakte Tag bekannt, an dem der junge Mann gestorben war, der mit den Nazis gar nicht so viel am Hut, sich aber meiner Oma zuliebe „in der Bewegung engagiert“ hatte, noch überhaupt die Stelle, an der seine sterblichen Überreste bestattet oder vielmehr verscharrt worden waren. Es hatte Chaos geherrscht – für meine Oma unverständlich, dass dort in Schnee und Gemetzel und Hungersnot keine Beamten und Schreiber mehr umgegangen waren, die demoskopische Daten ordentlich registrierten. So hatte sie kurzerhand einen fiktiven, aber möglichen Todestag festgelegt, und brachte Blumen und Kerzen zu diversen Denkmälern für den „unbekannten Soldaten".

Es war in Omas Augen ein großer Tag, als auch Simone in den kleinen Kreis Eingeweihter aufgenommen wurde, die das Hochzeitskleid sehen durften, und für uns ein außerordentlich schauriger Tag, als sie zwei Jahre danach Simone vorschlug, das Kleid doch bei unserer Hochzeit zu tragen.

„Du heiratest ja meinen Jungen", hatte sie gesagt, „das wäre seinem Großvater schon recht." Während ich noch stillschweigend in Erwägung zog, die Hochzeit nötigenfalls abzusagen, hatte Simone elegant die Katastrophe abgewendet, indem sie darauf hinwies, dass das Kleid für sie ja drei Nummern zu groß wäre, da meine Oma in ihrer Jugend offenbar eine „imposante, stattliche Frau" gewesen war, und dass es einer völligen Zerstörung desselben gleichkäme, würde man den Versuch unternehmen, es zu ändern. Damit schien meine Oma hochzufrieden und hängte die muffige Reliquie zurück in den Schrank.

Unsere schöne, „kleine" Hochzeit! Ja, viel zu klein war sie in Omas Augen gewesen, zu wenige Gäste, zu wenig Brimborium, zu wenig Prominenz. Simone hatte praktisch überhaupt keine „Familie" in Omas Augen, nur ihre Mutter war aus Brest angereist, wo sie nun lebte, und die Großmutter aus Tirol, aber mit weitschichtigeren Verwandten hatten die Verbliebenen der „Verbrecherfamilie" keinen Kontakt. Mehr als einmal war es mir auf der Zunge gelegen, Oma darauf hinzuweisen, dass drei von Simones engsten Verwandten deshalb nicht kommen konnten, weil ... Aber wir hatten beschlossen, dieses Geheimnis für uns zu behalten und keiner der beiden Großmütter einen Ton von der Vergangenheit der anderen zu erzählen, Panik hatten wir gehabt, dass irgendetwas durch vom Wein gelöste Zungen auffliegen könnte, ewig hatten wir an der Sitzordnung gebastelt, um die Großmütter möglichst fern voneinander zu halten, auch unsere Mütter hatten wir versucht voneinander fernzuhalten, im Übrigen hatte mein Vater sein Kommen abgesagt, weil meine Mutter sich jüngst von ihm scheiden hatte lassen und er unter keinen Umständen mit diesem „Weibsbild" zusammentreffen wollte, und Simones Vater, ein Zisterziensermönch, wusste gar nicht, dass es sie gab.

Es war alles glatt gegangen, niemand war auch nur im Entferntesten auf die Idee gekommen, auf einer Hochzeit im Jahr 1998 über Endsieg-Ereignisse zu diskutieren, die einzige dramatische Show-Einlage lieferte mein Vater, der plötzlich tränenüberströmt vor der Gastwirtschaft stand und einen Kellner mit der Nachricht zu mir hereinschickte, ich möge doch hinauskommen, und ich ging nach einer Viertelstunde reiflicher Überlegung und zwei uneingeplanten Tequilas, da stand er im Anzug und heulte wie ein Schlosshund, befummelte mich mit seinen Händen, die mir schon im Kindergartenalter einen Schneidezahn ausgeschlagen hatten, wimmerte etwas über die Sünde der Scheidung und dass er mit Sündigen nicht verkehrte, es war mir auf der Zunge gelegen zu sagen: „Blöd für dich, jetzt hast du niemanden mehr, auf den du eindreschen kannst", aber ich nahm das Kuvert mit den zwanzigtausend Schilling, beschloss, sie in das von Simone gewünschte neue Ledersofa zu investieren, und ging wieder zu meinen Gästen hinein.

Erst auf der Hochzeitsreise (Malediven) fiel mir ein, wie eisern meine Oma vor Fremden von der BDM-Chefinnen-Sache zu schweigen pflegte, und regte mich darüber auf, mich so unnötig aufgeregt zu haben.

„Jetzt werde ich vielleicht noch ein paar Wochen leben", sagte meine Oma und röchelte durch ihre Nasenschläuche, „es interessiert mich gar nicht, noch etwas zu essen, aber ich habe euch allerhand aufgehoben. Junge, schau mal in mein Nachtkästchen hinein." Ich öffnete die Türe des Nachtkästchens und stieß auf einen Haufen von versteinerten Gugelhupfspalten, mumifizierten Wurstsemmeln und verschimmeltem Obst. „Danke, Oma", sagte ich und schaufelte alles in den Plastiksack hinein, in dem wir Zeitschriften mitgebracht hatten.

„Was mich am meisten bedrückt", sagte Oma, und gespannt richtete ich mich auf, eine brisante Todesbett-Einsicht erwartend, „– ist diese fürchterliche rassische Durchmischung in Brasilien."

Simone trat an die Bettkante: „Sag mal, glaubst du noch immer an Hitler?"

„Er mag Fehler gemacht haben wie jeder andere Mensch auch", erwiderte Oma sehr sanft und deutete auf uns als die anderen Menschen, die auch Fehler machten, „aber ich denke nach wie vor, dass er ein äußerst fähiger Politiker war."

Ich verließ das Zimmer, wohl wissend, dass mir Simone Vorhaltungen machen würde, ich hätte sie mit Oma und Hitler und dem Dessert alleine gelassen. Ich ging zur Toilette, wusch mir ausgiebig die Hände, fuhr dann mit dem Lift hinunter und inspizierte einen Teil des Krankenhausparks, kaufte im Krankenhauskiosk einen Schokoriegel, aß ihn, ging ins Gebäude zurück und las die Schilder an den Türen, nahm mir von einem Rollwägelchen eine Blumenvase und ging damit in Omas Zimmer zurück.

Oma erzählte gerade Anekdoten aus meinen Kindheitstagen, die sie mit Anekdoten aus den Kindheitstagen meiner Mutter verwechselte und vermischte, nicht ohne anzumerken, wie sehr sie darunter gelitten hätte, dass ihr einziges Kind ein Mädchen war, und welch großes Glück meine Geburt, denn so hatte sie doch noch einen Jungen bekommen. Ich fragte mich, ob ich mir vielleicht nur deshalb an manchen Tagen ein Mädchen wünschte, um nicht wie meine Oma zu sein, und an anderen Tagen einen Buben, damit nicht so etwas wie meine Oma herauskommen konnte, ob ich nicht vielleicht deshalb so getreulich putzte und kochte, um zu beweisen, dass ich nicht aufgrund der Bevorzugung durch meine Oma zu einem haushaltsunfähigen Pascha verkommen war, ob ich nicht vielleicht Simone überhaupt nur geheiratet hatte, um mir eine andere, ganz gegensätzliche Familiengeschichte anzueignen, und wieso mir eigentlich immer wieder die Tränen kamen, weil diese alte Frau im Sterben lag und so kreuzelend aussah und mir unsagbar leid tat und ich sie immer noch liebte.

Ich setzte mich auf die Bettkante und streichelte ihr die krepppapierene Hand.

„Sag mal, Mädchen", sagte Oma, immer noch an Simone gewandt, dann hustete sie eine Weile zum Gotterbarmen.

„Wirst du das Baby schreien lassen", setzte sie von Neuem an, „oder wirst du es trösten?"

Letzteres natürlich, erwiderte Simone, kein Mensch ließe heutzutage mehr Babys schreien.

„Dann bist du die Richtige für meinen Jungen", war Omas überraschende Schlussfolgerung. Simone und ich warfen uns einen Blick zu: späte Erkenntnis, Jahre nach unserer Hochzeit. Aber Oma hatte noch weitere Überraschungen in petto: „Ich werde euch meine Wohnung hinterlassen", erklärte sie, „ist schon alles notariell festgelegt. Anneliese wird toben, aber das soll euch egal sein." Soweit es ihre Nasenschläuche zuließen, kicherte sie vergnügt, wohl beim Gedanken an ihre tobende Tochter. Sie hat EUCH gesagt, dachte ich, sie will tatsächlich UNS etwas hinterlassen. Simone schob an ihren Fingernagelhäutchen herum und schwieg.

Auf der Rückfahrt schwieg Simone noch immer. Ich durfte nun am Steuer sitzen, sie war höchstwahrscheinlich sauer wegen etwas, vielleicht, weil ich sie mit Oma allein gelassen hatte, weil Oma sich danebenbenommen hatte und das nicht entschuldbar war durch ihren Zustand, denn auch ohne Loch im Schädel und Nadel in der Armbeuge und mit etwas mehr Fleisch auf den Rippen hätte Oma sich danebenbenommen, oder weil ich mich danebenbenommen hatte und keine flammende heroische Widerstandskämpferrede gehalten hatte, weil ich nicht gleich gesagt hatte: „Nein, Oma, deine Wohnung nehmen wir nicht."

Wie immer, wenn Simone nichts sagte, führte ich heftige innere Dialoge mit ihr, warum sie sich denn so aufrege, sagte ich innerlich zu Simone, obwohl sie sich äußerlich gar nicht aufregte, diese Sprüche über Hitler und Rassenkunde und Blabla, das kennen wir doch schon, ob sie das denn nicht mit faszinierter Wissenschaftlichkeit betrachten könne, mit betroffener Distanz, mit dieser nüchternen, kritischen Kühle, wie sie etwa ein Fernsehreporter an den Tag legt. Und überhaupt, regte ich mich innerlich auf, so aufzuregen brauchst du dich auch nicht, du tust ja gerade so, als ob du es mit einer leibhaftigen Mörderin zu tun hättest, aber was hat meine Oma denn schon getan ihr ganzes Leben, außer blöd geredet? Sie hat niemanden eigenhändig umgebracht. Sie hat auch niemanden per Unterschrift umgebracht. Sie hat auch keine versteckten Juden ausgeliefert, weil sie gar keine versteckten Juden gefunden hat.

„Und wenn sie welche gefunden hätte?", fragte meine innere Simone, während die äußere ein Tic Tac in den Mund steckte und mir auch eines anbot.

„Simone", sagte ich innerlich zu Simone, und in meiner gedachten Stimme lag große Gefasstheit und Beherrschung, „das sind Spekulationen, die unter deiner Würde sind, niemand weiß besser als du (Simone ist Juristin), dass man niemanden aufgrund der potentiellen Möglichkeit zu einem Verbrechen verurteilen kann, denn vielleicht hätte sich die Person ja doch im letzten Augenblick anders entschieden, auch wenn hundertmal vorher alles darauf hingedeutet hat, dass die Person das Verbrechen begehen würde, wenn sie die Gelegenheit dazu bekäme, und im Übrigen, Simone! (Ich schüttelte innerlich die innere Simone.) Wer weiß denn schon, was *wir* gemacht hätten damals, glaubst du allen Ernstes, ich hätte mich abknallen lassen als Widerstandskämpfer, während du schwanger bist? Vielleicht hättest du mich beschworen, wenn du damals so schwanger gewesen wärest, wie du es jetzt bist, dass ich die Schrotflinte vergrabe und meinen Mund halte und zusehe, dass wir irgendwo ein Überleben aquirieren?"

Erschöpft von meiner innerlichen Rede lehnte ich mich zurück, während die äußere Simone die Augen geschlossen hatte und die Hände sorgsam auf den noch völlig flachen Bauch legte.

Ich fand es unerträglich, wenn Simone nicht mit mir sprach, obwohl es doch wahrlich genug zu besprechen gegeben hätte, und dann auch noch die Augen schloss, als wäre sie mit den Gedanken ganz woanders als bei der wahrlich zu besprechenden Sache. Ich musste zugeben, dass ich meiner Oma nie wirklich die Meinung gesagt hatte, und es natürlich jetzt, wo sie im Sterben lag, auch nicht mehr tun würde, ich hatte nie mit meiner Oma gestritten, nicht einmal über Kleinigkeiten, ich war jedem Streit aus dem Weg gegangen, selbst wenn sie mir den vierten Tauchgang am Tag verbieten wollte, weil er ungesund sei (in Wirklichkeit natürlich, weil ihr fad war ohne mich), hatte ich nur gelacht und gesagt: „Omilein, zum Abendessen bin ich gesund und munter wieder bei dir."

Natürlich hatte es mich manchmal gereizt, sie darauf hinzuweisen, wie sehr dieser Schwachsinn, dem sie aufgesessen war, ihr eigenes Leben ruiniert hatte, den „Mann ihres Lebens" hatte sie dieser Schwachsinn gekostet, all ihre Träume und Glücksvisionen und Familienpläne hatte der Schwachsinn zerstört. Aber was hätte es genützt? Aus ihrer Sicht waren ja die Alliierten daran schuld, dass ihr Leben nicht besser verlaufen war: keine Rückkehr in die großdeutsch eroberte Slowakei als Gutsbesitzerin (Geschenk des Führers für besondere Verdienste), kein Handschlag des Führers, gefilmt für die Wochenschau, keine sechs Jungens mit blauen Augen und „arischer Physiognomie", kein Liebesglück mit einem Kriegshelden, keine Weltbestätigung für Ehre und Treue und Pflicht. Und den Rest ihres Lebens seit 1945, der quälend, lähmend, unendlich lang war, war sie gleichsam dahinvegetiert, verbohrt und verbittert, hatte sie insgeheim gehofft, ihre gespenstischen Ideale würden irgendwann aus Grüften und Bunkern wieder auferstehen und wie damals alle entflammen.

Gelegentlich hatte ich versucht, etwas aus ihr über jene Kapitel der Geschichte herauszubekommen, die ihr nicht so offen auf der Zunge lagen, einmal zum Beispiel hatte ich gefragt: „Omilein, willst du nicht mit mir nach Israel fahren? Eilat ist erstklassiges Tauchgebiet. Oder könnte es sein, dass du dort bei der Einreise verhaftet wirst?" Es hätte mich doch interessiert, ob meine Oma nach dem Krieg jemals zur Rechenschaft gezogen worden war oder ob sie irgendwo auf der Welt zur Rechenschaft gezogen werden könnte, denn darüber schwieg sie beharrlich, ohne es jedoch zu bestreiten, und auch jenes Mal verzog sie nur abweisend den Mund.

Oft genug hatte ich mir vorgenommen, eine nüchterne, kritische Diskussion mit ihr zu führen, zum Beispiel, als ich die Schallplatten mit Hitlerreden auf ihrem Dachboden fand und mich fragte: „Wie bescheuert und schwachsinnig und abartig kann eigentlich jemand sein, der mit mir verwandt ist?", aber ich bin dann doch dieser Frage nicht weiter nachgegangen, habe die Roten gewählt oder die Grünen und Oma teure Geschenke gemacht. Ich konnte ihr nicht ins Gesicht sagen, dass sie einen an der Waffel hatte und die Hohepriesterin des völligen Schwachsinns war. Immerhin hatte sie mir, wie sie nicht müde wurde zu erwähnen, dereinst „den Hintern ausgewischt", und vielleicht bleibt man ja stets den Frauen, die einem dereinst „den Hintern ausgewischt" haben, in anal-masochistischer oder pervers-opportunistischer Weise verbunden. Vielleicht liebte ich sie, weil ich einmal von ihr abhängig gewesen war. Vielleicht liebte ich sie, weil sie nun abhängig war von mir.

„Blinker einschalten“, befahl die äußere Simone, die eine schwierige Beifahrerin sein konnte, wenn sie die Augen geöffnet hatte und bei der Sache war.

„Falls Oma tatsächlich stirbt“, sagte ich, um von der Tatsache abzulenken, dass ich aus Vernunftgründen (niemand war hinter mir, so dass auch niemand sehen hätte können, dass ich blinkte) das Blinken verweigerte, „was machen wir mit ihrer Wohnung?“

Simone schwieg. Es war das unbegreiflichste Schweigen Simones seit jenem Moment, als zum ersten Mal mein Auge auf sie gefallen war, weil sie auf der Hochzeit meines besten Freundes Harald den von der Braut in die Menge geschleuderten Brautstrauß aufgefangen hatte. Durch diesen beachtlichen Sprung hin zu dem von der völlig besoffenen Braut in die ebenfalls großteils besoffene Brautgesellschaft geschleuderten Brautstrauß hatte Simone sich mit einem Schlag sowohl als trainierte Handballerin als auch als Single-Frau „auf der Suche“ identifiziert, und so war mein Auge auf sie gefallen und seither nur mehr von ihr gewichen, wenn ich anderen, eindeutig weniger attraktiven Frauen nachschaute, oder mir die Schuhbänder zuband. Dieses Schweigen Simones kam so überraschend, dass ich alles in Frage stellen musste, was ich bisher über sie zu wissen geglaubt hatte, es ließ mich sozusagen in einem ontologischen Dunkel, und ein ontologisches Dunkel ist wahrlich das Letzte, was man brauchen kann, wenn man nach Beziehung und Ehe und Jahren ein Kind erwartet mit einer Frau.

Wir wussten beide, dass die Wohnung meiner Oma „arisierter Besitz“ war. Es handelte sich um eine für Wiener Verhältnisse unsagbar schöne, luxuriöse Wohnung, genaugenommen ein halbes Haus, das untere Stockwerk einer Villa im 18. Bezirk in erstklassiger Grünlage, umgeben von einem großen Garten mit alten Linden und Föhren und sogar einer Zypresse, und obwohl in ganz Wien das Erdgeschoß gemeinhin als unerstrebenswert gilt, war es im

Falle der Wohnung meiner Oma ein Vorteil, da alle Fenster und Türen und die Terrasse auf diesen landguthaften Garten hinausgingen, in dem die Eichhörnchen herumhuschten, der Eichelhäher keckerte und seltene Schmetterlingsarten eine Zuflucht fanden. Überdies war die Wohnung zweihundertundzwanzig Quadratmeter groß, eine Fläche, von der ein junges, kinderwartendes Paar nur träumen konnte, zwei Bäder und fünf Zimmer und ein Wahnsinn, hatten wir immer gesagt, dass eine alte Frau ganz allein darin wohnt. Ein Wahnsinn, weil sie sie kaum putzen konnte mit zunehmendem Alter, nutzen schon gar nicht, und alles voll mit Jugendstil-Mobiliar. Im Stockwerk darüber hatten erst zwei ältliche Schwestern gewohnt, dann deren Neffe mit Frau, schließlich zog ein Nachfahre mit Shiatsu-Praxis ein, in welcher äußerste Ruhe, „und das nur zu Geschäftszeiten“, herrschte, wie wir scherzhaft zu sagen pflegten, kurz, keinerlei Unliebsamkeiten gingen von den Hausmitbewohnern aus.

Einmal hatte ich den Neffen gefragt, ob er denn wisse, dass es sich bei diesem Haus um „arisierten Besitz“ handle. Er hatte mich entsetzt angesehen und erwidert: „Meine Großeltern haben die Wohnung vollkommen rechtmäßig erworben“, so dass ich mich nicht mehr auskannte, hatte ich doch gedacht, er wäre der Neffe von zwei Schwestern, deren eine mit einem SS-Major verheiratet gewesen war, und den Shiatsu-Meister hatte ich später auch einmal gefragt, der wiederum erklärte kopfschüttelnd: „Aber von denen lebt doch keiner mehr“, wohl auf die jüdischen Vorbesitzer verweisend. Nicht, dass ich jemals genau nachgeforscht hätte, ich wusste nur, dass meine Oma den Begriff „arisierter Besitz“ durchaus mit Stolz verwendete, als wäre das Haus dadurch aufgewertet worden, und gelegentlich Andeutungen machte über „reiche Amerikaner, die ohnehin nichts damit anfangen könnten“ oder „Feiglinge, die die Heimat verlassen haben und zum Feind übergelaufen sind“.

Manchmal wurde in mir die Vorstellung übermächtig, dass meine Oma von den „reichen Amerikanern“ nur fantasierte, um sich selbst darüber hinwegzutäuschen, dass die Familie, die einst in diesem wunderschönen Haus gelebt hatte, in Vernichtungslagern umgekommen war, und ich begann überall auf den wunderschönen Parkettböden Blutspuren zu sehen und in den wunderschönen hohen Räumen Schreie zu hören. Ich stellte mir vor, wie eines Nachts die Gestapo eingedrungen war, Uniformierte die Schlafenden aus den Betten zerrten, wie Kinder an den Haaren hinausgezerrt wurden und ihren Eltern von einem beiläufigen Gewehrkolbenschlag die Stirne aufsprang. Ich stellte mir immer wieder vor, wie eine Staatsgewalt die Haustüre aufdrückte und hineindrang, wie eine Frau vor den Augen des Mannes und ein Mann vor den Augen der Frau hinausgeprügelt wurden in Nachtgewändern, wie am nächsten Tag alle Nachbarn wohlwollend dem Einzug einer BDM-Chefin zuschauten, die das Kinderspielzeug im Garten in Augenschein nahm und für die eigene Nachkommenschaft verwahrte.

Ich hatte nie, das konnte ich beschwören, auch nur einen Augenblick lang die Möglichkeit in Betracht gezogen, jemals selbst in dieser Wohnung zu wohnen.

„Mir ist das alles zu komplex“, sagte die äußere Simone, plötzlich ihr Schweigen brechend, „ehrlich, denk doch mal nach.“

Nun schwieg ich und schaltete den Blinker ein, um einerseits Simone keine Gelegenheit zur Abschweifung zu geben und andererseits die endlose Parkplatzsuche im 5. Bezirk einzuleiten.

„Wir haben die Wahl“, fuhr Simone fort, und obwohl ich sie nie zu Gericht begleitet hatte, war ich mir sicher, dass das ihre Anwaltsstimme war, mit der sie sonst übellaunige Richter und kleingeistige Schöffen zu überzeugen suchte, „Verzicht zu üben für eine ungeklärte Ehre, dann wohnt deine Mutter in der Villa für die nächsten dreißig Jahre, während wir uns abschuften auf siebzig Quadratmetern mitten im Beton ohne ein Bäumchen, oder wir sind gewissenlose Augenverschließer in einer traumhaften Wohnung mit einem herrlichen Garten für die Kinder. Ich sag dir was, ich will, dass meine Tochter weiß, wie ein Regenwurm aussieht, und dass sie ein eigenes Zimmer hat und die Vögel zwitschern hört, wenn sie morgens aufwacht."

Es lag mir auf der Zunge zu sagen: „Aber in fünfzehn oder zwanzig Jahren könnte unsere Tochter ...", oder: „Woher willst du eigentlich wissen, dass es ein Mädchen ...?", doch da sah ich die innere Simone strahlend und Blumennamen aussprechend durch einen Gartenmarkt gehen, ich sah sie im Laub eine Schale Milch für die Igel hinstellen und mit einer kleinen Kelle den Humus für die Tulpenzwiebeln umdrehen, und ich hielt meinen Mund und freute mich darauf, im Schatten der Zypresse eine Sandkiste zu bauen.

Danksagung

Für die Unterstützung bei den Recherchen danke ich meinem Schwager Juan Gorraiz, Leiter des Bibliometrics Department der Abteilung Bibliotheks- und Archivwesen der Universität Wien.

Die in „Blaue Augen“ verwendeten Informationen zum Widerstand in Tirol während der NS-Zeit verdanke ich den Arbeiten Peter Pirkers.

Inhalt